幽靈之愛在烽火連天時

*Les amours d'un fantôme
en temps de guerre*

幽靈之愛在烽火連天時

*Les amours d'un fantôme
en temps de guerre*

尼古拉·德魁西
Nicolas de Crécy

Chapter I

我還年輕。

才八十九歲。

青春期永遠是個難過的關卡，滿臉痘痘，胳肢窩裡冒出茸茸細毛，四肢不斷拉長——都是些有點麻煩的東西一直長出來，讓人從一種難以置信的角度看見自己的身體。

奇怪的是，直到今天，我一點也沒這方面的問題。也許我的青春期還沒開始，老實說，我覺得挺好，沒什麼好抱怨的。

話雖如此，我不再把自己當成小孩，即使相對來說，我的個頭還很小。要得到同輩的尊重，我至少必須再長高個百分之三十。

那才是正常標準。

七十年來，我在路上遊蕩，確切地說，是在高速公路上遊蕩。找不到比這裡更好的地方了。車道、速度、持續的車流，樣樣都有。穿越南方的高速公路最舒服，我喜歡待在休息區殺時間，呼吸汽油味，在傘松樹蔭下乘涼。在那裡，我能得到足夠的寧靜，可以好好寫日記。

夜裡，當我穿過一團濃霧，短促瞥見開車人們的臉，一張張臉孔被儀表板的光照亮，彷彿鬼魂。他們眼神堅定，疾速駛往某個明確的目的地。

可見他們對我來說有多麼奇怪。我恐怕永遠沒辦法氣定神閒地開車前往某個特定的方向。當然這是因為我還年輕，即使這完全只是個相對的說法。

直到現在，我還不知道如何把目光聚焦在可以安然前往的某個點上。

然而，那個目的地是存在的，在我的記憶中，無比清晰，但如今已無比難再追尋：那間大房子。

我的那些祖先，個個骨瘦如柴，打招呼時非要我親臉頰不可；儘管他們說我「缺乏歷練」，我還是有很多故事可講。多年來，我不斷跟自己重複這些故事，沒有一雙耳朵比我自己的更專注。

但這很悲哀。

我所見到的一切，都可以用意象重編再現：只要召喚，畫面自來。很神奇的法則，就像投射在大銀幕上似地，影像重現在我腦海。

要讓記憶片段浮現，有時只需要一種味道就夠了。

比方說，風吹過尤加利樹林的味道。

屋子週邊的景象歷歷在目，那是世紀初的模樣，當然，我說的是二十世紀。

我在高聳的大樹下玩耍，爸媽就在屋裡某個地方。

厚實的牆，陰暗的走廊，可以躲藏的角落，人們心目中的家基本該有的一切。屋外，日光曬乾牆角，燠熱的暑氣教人提不起勁。

我在房間地上的六角紅磚上度過不少時間，冰冰涼涼的，很舒服。

隨時有一陣樂聲從樓下的沙龍傳來，這幢大房子的女屋主一人獨居，只在一樓活動。她熱愛那些輕歌劇的曲調，如今已經沒有人記得，但在當時，那些曲子可是非常流行。

我就是在這幢屋子裡出生的。

屋子是我憑著今日記憶重建出來的模樣。然而，宅院的建築，一如它確切的位置，仍籠罩在一團濃霧之中。

那幾乎是一個世紀以前的事了。對像我這樣的幽靈來說不算什麼，但對人和建築來說，則是一段漫長的時光。兩者都產生了變化，衰敗，變形或消失。

當時我的母親流露著什麼樣的氣質？我的父親有著什麼樣的體態？

每個家庭都有一些被遺忘許久卻又失而復得的照片，人們可以瞧見年輕時代的父母穿著如今已嫌過時的老氣衣服，並從那個躺在搖籃中專心啃咬玩具、臉頰紅通通的嬰孩身上，訝異地認出自己的臉。

這樣的樂趣不屬於我。

幽靈沒辦法顯印在底片上。

我沒有家族照。

我是一隻家僕小幽靈。

家僕幽靈。

當然「家僕」這個字眼所描述的不是侍奉哪個布爾喬亞式家族的僕人，而是幽靈依附在一幢屋宅，一個他方。這裡所指的，就是我剛才描述的那座地中海風格的宮殿，但是，也可以延伸到曾經造就我這一小段存在的所有地方：山上的農舍、隱祕的小屋。

我很早就失去了雙親的蹤影，尚未滿十五歲。

當時我還算是所謂的「幽靈寶寶」，一小朵白布，比手帕還小，輕到沒辦法控制風，笨到不懂得如何穩住自己。我覺得自己像被晾在一根繩子上，但是我想自由行動，去看各種動物，跟光線和影子玩遊戲。

一天晚上，我乘著一陣強風飛起，看見一座山谷，點點燈火，汪洋大海。我與一些以前從來沒見過的動物擦身而過，還遇上幾個被我嚇到的人。我真是有夠笨的……。

那天晚上我實在不該逃跑。

回去後，爸媽已經消失，不在大房子裡了。

我不知道是怎麼回事，也不知道為什麼會這樣。

全都不記得了。

反倒是女主人一直還在。

她在廚房裡，剝著番茄皮。用輕歌劇的曲調發聲練唱，胖乎乎的雙腿草草晃動，不自覺地把舞步跳得很奇怪。

我錯了，不該就這樣突然現身在她面前，但是我太心慌意亂：她有沒有在哪裡看到我爸媽？

可憐的女人，她一定從來沒遇過鬼。

她的心臟停歇，身體突然變得沉重，整個攤在地上，桌上的鍋碗瓢盆隨她摔落了大半。

那一天我學到了：現身之前，永遠要讓人類有心理準備。死後世界的事物必須用循序漸進的方式顯現並遵守某些規則，如果可能的話，最好利用已有經驗的人類協助引導。

如果所有禮數都顧到了，他們就會願意全部相信——而且無論什麼都信。

我在空蕩蕩的屋子裡待了三天，看見各種暗影悄悄來去，我很害怕。我們是幽靈，或許吧！但幽靈也怕黑，尤其還是寶寶的時候。一想到女屋主可能也變成幽靈，變成一隻懷抱仇恨的幽靈，無止盡地折磨我，責怪我害她墜入黑暗深淵，我就擔憂不已。

一天晚上，總算，媽媽的表哥鮑里斯來找我。看見他我真高興，儘管他身上沾了許多泥土的痕跡。爸媽總告訴我，好幽靈一定要把自己弄乾淨：乾淨到潔白無瑕。

「來吧，我的親親小可憐，我們會照顧你的。」他對我說。

我還來不及意識到以後永遠再也回不來，我們便離開了大房子。我根本沒想到應該好好看它最後一眼。

我們穿越公園。那天夜裡氣候溫暖，我們的罩布像劍客的斗篷在風中振響，啪噠，啪噠。

太陽漸漸升起，我們在高空翱翔，應該沒被任何人看見。對於那一天，我的記憶模糊，只記得有那麼一段時間，我們被捲成一團，塞在髒衣籃裡。鮑里斯被當成床單，而我則被當作一條手帕。我們被洗乾淨，用熨斗燙平，摺疊整齊。

後來我們逃出來了。

我們在逆風之中疾速飛行，必須保持隱形，不被任何人察覺。鮑里斯不敢掉以輕心，彷彿我們被跟蹤似的。然而，這一路上根本沒有人。我經常往後瞄，只看見樹梢的枝葉在我們經過之後沙沙晃動。

「往前直飛！別這樣有點風吹草動就停下來！」

太可惜了！可以發掘的東西那麼多！沿著蜿蜒無盡的長路，我可以辨識出，穿梭在大樹下方狐狸的身影，以及在森林中奔躍的鹿群。在地上的牠們速度幾乎跟在空中的我們一樣快。我真想跟著牠們飛，去發現其他動物，對在幾公尺下方的蓬勃生命能有更多認識。

但是我必須服從。我沒有資格質疑鮑里斯的威權，他也不忘隨時提醒我這件事。他自誇他的軍人生涯有多麼榮耀光彩，最後以幽靈軍官退伍——幽靈步兵隊隊長，他說。他曾手舞白刃對抗普魯斯幽靈、揭發幽靈間諜。而在我們飛越一座積雪的山嶺時，他眉飛色舞地跟我描述多項英雄事蹟，還有那些事蹟為他爭取到的各種獎牌勳章。

那個時代給他留下了特別講究規矩的偏好。我必須遵守，沒有其他討論的餘地。

傍晚，我們在一處奇怪的地方降落。

那個地方位於高海拔地區,積雪下方挖出了一塊遼闊的空間,外部的隆起有如一片白色的大屋頂,使整體得以被遮蔽。在裡頭,眾多幽靈,不分年紀性別(幽靈像鳥一樣,需要有點經驗才能一眼認出雌雄),一朵朵皺巴巴的布巾旋轉,窸窣作響。一張張泛黃的紙頁在他們身邊飄舞。幾個幽靈,有點髒兮兮的,坐在寫字檯前,撰寫著神秘的句子;另有一些運送著各種材料飄來飄去,速度快得幾乎看不見。

這幕場景迷人卻令我悲傷。鮑里斯早已察覺我的失落,用他可靠的語氣安慰著我。他跟一個比一般還蒼白的幽靈短暫交談了一會兒,那人說話好快,我一點都沒聽懂他們在說什麼。談完後,鮑里斯帶我去隔壁的房間,隔著一道雪牆,那裡比較沒有幽靈往來。這是為了讓我好好平復情緒,他說。

當時我想我的父母也在這個大冰屋的某個地方,鮑里斯馬上就會去找他們,他們立刻就會出現。

我終於可以窩在他們的白布巾裡。

我等了好久。

最後,我在冰冷的地上睡著了。

早上，光線冷透。

我聽見隔壁傳來喧囂騷動。那些幽靈似乎一夜沒睡。總之，大多數都已經在崗位上工作好一陣子了。沒見到鮑里斯。為了找他，我在人房間裡四處游移，沒有任何幽靈注意到我的存在。當我飄出冰屋，鮑里斯立刻從旁邊一座高高的岩石朝我直直飛下，用力把我推進屋裡。

「白上加白，你會迷失在雪裡的，孩子！」
「我的爸爸媽媽呢？他們就在這裡，我敢確定！你為什麼瞞著我把他們藏起來了？」
「我沒有瞞你任何事，只是請你耐心一點。你的父母度假去了，他們很快就會回來。」
「度假？去哪裡度假？」
「離這裡蠻遠的，」鮑里斯回答：「其實，他們在……蘇格蘭！」
「蘇格蘭？那怎麼沒帶我一起去？」
「別擔心，他們很快就回來了。」

他們去度假了。如今，我真懷疑自己當初怎麼會相信這麼荒誕的故事。可憐的鮑里斯一定是為了不讓我因為擔心被遺棄而痛苦，臨時編了這個說法。其實在我心底，我清楚感覺到發生了嚴重的事：那些幽靈的狂熱行為，以及我從鮑里斯的語氣中聽出的哀傷……一切應該能讓我警覺真相才對。但是，爸媽正在蘇格蘭度假這個想法讓我欣慰，我因此得以心平氣和地度過蠻長一段時間。

我飄到印刷機吐出的那堆紙張附近，紙張聞起來還有墨水的味道，所以我小心翼翼地不要太靠近，以免沾到身上。第二天晚上，每張紙頁上所印的那行字衝進我的腦海。在亂七八糟的夢中，句子裡的每個字閃閃發亮：

不自由毋寧死

「該出發了！」鮑里斯大喊。

隔天，他就是這樣把我叫醒的。我迷迷糊糊，天氣很冷，寒風鑽進我睡覺的小房間。我完全沒注意到有一堆幽靈蜷縮成團，身上處處墨痕，在我旁邊打呼。

「為什麼說『不自由毋寧死』？」我問鮑里斯，他卻吃了一驚，露出不悅的表情。「為什麼這裡的傢伙要寫『不自由毋寧死』？就我所知，幽靈明明就不會死！」
「那些玩意兒，全都是給大人看的啦！」鮑里斯反手一揮，閃避回答。「我以後再跟你解釋。等你有點經驗之後，你有很多時間可以慢慢了解……。」

我當時認為這個回答真蠢，但從某種角度來看，他說得也沒錯。我必須等待時機成熟，向他證明：一個幽靈寶寶也有了解複雜故事的能力。

「好了，快起來，我們要出發了！」
「要回大房子去嗎？」我天真地問。
「你會去一間房子，沒錯。在那裡，你可以舒服又暖和地等你爸媽回來。我們可別太晚上路了！」

離開冰屋和所有那些奇怪的幽靈令我憂傷。當我越過冰冷的印刷室門檻時，他們祝我好運。一隻低調的小幽靈朝那堆印好的紙張吹了一口氣，其中一頁紙飛起來跟著我飄，露出第二條訊息：

拒絕服從即是最明智的義務[1]

我們飛越一座陡峭的山峰，然後在下降的時候——空氣變得沒那麼冷——我們快速低空掠過一大片積雪平原，炮彈般衝向一座村莊。

「你看見那棟小屋了嗎？就在上面那條路邊？」鮑里斯問我。

我確實看見一棟屋子，說有多簡樸就有多簡樸。總而言之，跟看著我出生的那幢華麗大宅完全沒得比。

「你要去鬧那棟屋子，孩子！」

我好失望。鬧一棟平凡無奇的小屋不符合我給自己設定的條件。

「你想得沒錯，」鮑里斯對我說：「我不會讓你獨自展開第一次行動。」
「你會留下來陪我？」
「我沒辦法留下來陪你，不過這樣你反而走運！我會把你交給莉莉。」
「莉莉？」

---

1 拒絕服從即是最明智的義務（La désobéissance est le plus sage des devoirs），法國二次大戰抗戰期間解放報傳單上的口號。

莉莉是一隻漂亮的小幽靈，她也很年輕，雖然比我大了十五歲。

她是一幅美麗的白布做成的，是那種在東方才比較找得到的布料。她一身緞面，柔白，摺痕的陰影偏赭紅色。

想起她的味道多麼好聞，我至今仍怦然心動。

莉莉鬧這棟鄉村小屋已有幾個星期，而這項經驗，經由鮑里斯認證，賦予她培訓我的權力。雖然她還很年輕，但從一開始，她就用一種母性的關愛對待我；而我呢，很明顯地，打從第一眼開始，我就愛上了她——像大人有的那種愛。而這份對我來說全新的情感，令我欣慰，因為這表示小小孩的想法比大家想像的更廣泛；而且，才剛萌芽，愛情就在深處運作。

我們住在閣樓，這是鄉村幽靈的習慣。到處都是蜘蛛網，網上經常爬著蜘蛛。坦白說，我一直都好怕牠們。對一隻幽靈來說，這想必不是什麼英勇事蹟，但我天生如此。莉莉覺得這件事很好笑，常故意開我玩笑，讓那些恐怖的蟲子在我的罩布上爬。

莉莉跟我一樣，失去了父母。她不想把分離的來龍去脈告訴我。不過，很清楚地，相似的境遇拉近了我們之間的距離。我跟她說他們或許正在度假。她當場嗤之以鼻，讓我傷心了整整兩天。

這棟簡樸的小屋被列入鬼屋的理由是，有一個爺爺在這裡上吊自殺。然而，完全不見他的鬼影。也許他棄屋出走，想轉換個心情，前世在這裡過了一輩子已經足矣。反正，即使是在閣樓上吊的人，死後也不見得非要變成幽靈不可。就我們這個案例來說，經過莉莉調查之後發現：爺爺去世後，並沒有任何幽靈顯現。她認為，鬧這棟房子其實說不過去，但是，基於必須敬老尊賢──尊重所有那些瘦巴巴的千年幽靈，由他們來決定哪棟屋子該鬧哪棟不該鬧──她覺得調查結果還是自己知道就好。

莉莉和我那時還在天真無邪無憂無慮的階段。那是一段珍貴而短暫的時光，我們萬萬沒想到未來有那些劇變等著我們。活潑輕快的莉莉成功地讓我忘記痛苦，每一天都太過充實，滿溢各種情緒。我不再一天到晚思念父母，除了等待入睡之前那個特殊時刻。那時，明明沒有特意召喚，各種畫面卻自動浮現：一場槌球比賽上，爸爸笨手笨腳，媽媽心情愉快，還有等著我們享用的一些櫻桃點心。

到了早上，一切煙消雲散。我總比莉莉早醒，才有時間欣賞她罩布和諧的線條，稍晚那布襬就要四處亂飛。她起床後總是活力十足，多少平衡了一天之中對我來說經常是最難熬的時刻。當時的我實在不知道如何一早就擁有好心情。

莉莉盡可能地用最大的善意來鬧這棟屋子，不去驚嚇住在房子裡的人。她的父母以前跟人類經常在召靈溝通時接觸，她也繼承了他們熟知人類的親切個性。不過，這項傳統如今已不再施行：黑彌撒 [2] 不屬於居住在此的平凡人家。

這是一個從事農業工作的家庭，在那個時代，人們稱之為「佃農」。他們沒有機器，沒有化學產品，沒有投資也沒有財務風險。他們的財產，簡單地說就是一頭母牛，名叫貝納黛、兩隻孿生綿羊，羅傑和派特里斯，還有一隻叫小肉丸的小母狗。小肉丸是一隻強壯的流浪犬，名字叫做小肉丸是因為牠一聞到傑瑞米煮的肉丸就興奮發狂。傑瑞米是這個家裡的兒子。小肉丸一臉和善，兩隻榛果色的圓眼睛，我一眼就喜歡上牠。我很氣傑瑞米，十五歲的他個頭不小，動不動就打牠。瑪瑟兒是家中最小的女孩，嬌小又蒼白，簡直像一張薄薄的描圖紙；她對動物就比較細心體貼，但也絲毫不主動跟牠們親近。

這個家庭的兩個孩子沉默寡言，髒得要命，不過這並沒有什麼好驚訝的，畢竟他們是人類。莉莉和我看著這兩個孩子，難免憂傷，因為他們還享有父母健在的榮幸。

即使由我們這種布爾喬亞幽靈來評斷，我們多少必須屈就妥協一些，但擁有那樣一對雙親實在一點也不令人羨慕。在我們眼中，他們，無論如何，就是威權的化身。

2 黑彌撒（messe noire），原型可以追溯到中世紀時期。17 世紀至 18 世紀期間，隨著獵巫行為的漸漸衰落，在英國、法國、義大利貴族及知識分子階級中盛行。

那個母親，又高又壯，一頭黑色亂髮，天一亮就像瘋子般拼命工作，太陽一下山就睡覺，刻不容緩地進入躁動不安的夢鄉。醒來一起床，她就打她丈夫。那傢伙身材瘦弱，淺色的眼睛明顯流露出憂鬱的傾向。他沒有什麼喜歡的東西，除了母牛貝納黛之外。他從來不跟任何人說話，只跟貝納黛說，對她說出心中的祕密。而我以幽靈之名發誓，他的祕密絲毫沒有特別驚人之處，都是些芝麻蒜皮的小事，像是技術上的麻煩或是氣象預測。偶爾例外，明顯感覺得出他在批評他的妻子，因為她扭拗他的胳臂。他的聲音沙啞，因為嘴上永遠叼著家裡自製的香菸。這些採收的菸草，曬乾，密密掛起，吊在閣樓上。起初我沒有立即明白這些長得像植物蝙蝠的闊葉有什麼用途。莉莉當初看見時，想到的是一支乾屍幽靈軍隊，感到很不舒服。不過，我的幽靈女神不會因為這一點小事被嚇倒。倒是隔壁鄰居那匹大馬有可能辦到，因為，說也奇怪，牠看見她了，而且立刻知道她是一縷幽魂。那時牠淒厲的嘶鳴震撼了整座山谷，包括莉莉也顫抖不已。

那是我來到這裡之前幾天發生的事。我清楚感到這件事讓莉莉坐立難安。從那時起，她便監看那匹馬出現在哪裡，始終盡可能地離牠遠一點。某個下雪天，她把一團薄霧誤認為那頭畜生的形影，煎熬了好一陣子……。

我們都是新手，不懂該如何善盡幽靈的職責。比如說，到了傍晚，是不是應該在閣樓發出腳步聲？夜深人靜之時，拍響我們的罩布，或者乾脆趁著暴風雨的夜晚直接在他們的床尾顯像？為求心安理得，莉莉留下了幾個低調的線索，暗示我們的存在，不過她不想嚇壞這個小家庭。

與人類相處時保持這樣的謹慎態度替我省去不少麻煩。在那個時期，我避免跟人類往來太近。話說回來，另一隻生物的行為舉止不知為何很吸引我，我總覺得跟牠默契十足：那就是小肉丸。那隻狗既滑稽有趣又活力十足，一雙眼睛亮晶晶，讓人猜想說不定是某種通往神智心靈的窗口（當然，僅限於牠動物所能及的範圍）。

我很難抑制跟小肉丸玩耍的渴望。莉莉表示擔心，我懷疑她怕狗——對一個幽靈來說，這種事當然難以啟齒。我努力忍耐，不丟木棒給小肉丸去撿，或者更簡單的，不對牠顯現形影。我回想起，我出生的那棟大房子的女屋主因為發現我的存在，結果心跳停止；我擔心狗狗的小心臟或許更禁不起驚嚇。這是莉莉給我的理由，要我避免隨便顯影。

她說得沒錯。話雖如此，我心底還是相信，一隻動物，既沒有宗教信仰也不會意識死亡，應該沒有被死後世界的騷動引發痛苦折磨的風險，因為牠沒辦法定義這些現象是從哪裡來的。

就這麼過了好幾個星期，我跟莉莉在一起很快樂。我們在山林小徑上散步，那些小路都是鄰近農莊的動物走踏出來的──母牛、馬匹和綿羊，牠們整年有大半時間都在外頭。我發現各種花朵，絕不錯過，一一摘來送給莉莉。她跟我一樣，對繁花千變萬化的色彩深深著迷。她把花插在罩布的織孔中，整個人看起來就像由絨毛花、大戟、歐洲柏和風鈴草等在這個海拔容易找到的花草所組成的一把大花束。

從那個時候起，我開始喜歡亮光。在繽紛璀璨的亮光下，我反而更舒服自在：我不喜歡漆黑幽暗，全面禁閉我們這些異於常人的幽靈於無盡長夜。

當七彩陽光照耀山巔，層峰映成玫瑰粉紅時（絕不騙你，變化無窮的各種粉紅，不可思議，精彩壯麗，正是最完美的時刻）我決定告訴莉莉我有多愛她。結果她笑得那麼厲害，一大半花朵都掉落在地上。我一時忍不住淚水──我知道，幽靈不會哭，但若要用一個對應的說法來形容，可以說，幽靈瞬間變得潮濕軟弱，有如一塊軟趴趴的海綿。那就是發生在我身上的情形：我變得那麼潮濕那麼軟弱，我的公主不得不扶我走回屋裡，幫我取暖。

一朵雪花蓮還插在她的頭上，宛如花冠的殘痕，而她並未發現。對我來說，這朵花彷彿一項小小的勝利：祕密證明著我對莉莉的愛。

可惜，我還是必須清醒覺悟：她只把我當成寶寶。就只是個寶寶而已。

雙親不在身邊的痛苦再度浮上心頭，加倍難受。

如今的我知道，那是我自己蠢；但是當時，我跟莉莉賭氣將近一個星期。我不再跟她說話，她因而十分傷心。就在這種情況下，我主動去接近小肉丸，希望藉此得到一點慰藉。我對牠現形了：狗狗們天生懂得寶寶們的傷痛。總之，牠們給人這種感覺。小肉丸並沒有被我的顯影嚇到；不管是不是鬼，有個誰丟木棒讓牠去追，牠就高興得不得了。應該說，在那個時代，那些地方，娛樂少之又少，就連對小母狗來說也不例外。起初，牠太過激動地繞著我打轉，讓情況變得有點危險：狗狗疾速衝來，穿越了我的罩布。萬分慶幸，我們並不是真實的存在；否則，以牠那股興奮勁兒，恐怕會把我碎屍萬段。

一開始，莉莉訓斥了我一頓。她很生氣我竟敢違背她。後來，小肉丸愉悅的情緒讓她安心不少；看牠隨時都能逗她開心，她也就心軟了。她沒辦法抗拒跟牠在長草叢裡玩耍的樂趣。

像這樣，我們也算重組了一個家庭，一對爸媽加一個小孩。小肉丸和我們一起睡在閣樓。牠那不厭其煩的玩興讓我們也跟著高興起來。

我以為莉莉很幸福。但其實她跟我一樣，默默地痛苦著。我還記得那個下著雨的午後。我們鬧的那個小家庭正在享用主日午餐，氣氛很歡樂（這可不尋常），莉莉的心情突然變得很差，陰鬱得讓我害怕。她一言不發地凝視屋主們，他們笑得愈高興，她就愈怒不可抑。而為了報復讓她又感受到自己孤獨的這家人，我以為她會扮演鬼魂嚇死全家人，讓他們一整排倒下。

還好，什麼也沒發生，要不然莉莉可能會後悔做出那樣的舉動，那與她溫和的性格相去太遠。

當天晚上，她感傷地跟我談起她的父母。兩位了不起的幽靈：她的母親是一位高雅的貴婦，父親是一位備受愛戴的紳士。

他們不得不逃走。

「逃走？」
「跟你的爸媽一樣，」她回答我：「他們也必須逃走。」
「逃走？但他們是在度假啊……在蘇格蘭！」
「誰告訴你的？」莉莉沖著我問。
「鮑里斯……鮑里斯跟我說他們在蘇格蘭。」

她哀傷地看著我。猶豫了一會兒之後，她柔和地對我說：

「是因為戰爭。鮑里斯有沒有告訴你這件事？」
「戰爭？」

Chapter II

我們已邁入一季新的冬天。

莉莉向我解釋了一些我當時很難理解的大人之事：幽靈之間的戰爭。非常複雜：派系結盟、背信忘義、失敗的外交戰役、意識形態的鬥爭和血腥的清算。莉莉的父母投入一條早已是死胡同的路，而她始終搞不清楚究竟是為了什麼原因。她也沒辦法告訴我情況有多麼複雜，但可以確定的是，她的父母當時必須立刻逃亡，不能留下任何痕跡或地址；而我毫不懷疑，我的父母一定也走上了同一條路。

我們殷切地期盼鮑里斯回來。他一定能給我們帶來大人世界最新的消息。時間走得好慢，慢得難以忍受。雖然小肉丸永遠能重新來勁，不斷追回牠的木棒，莉莉和我卻悶悶不樂。我提議回去那座隱匿著冰屋的高山，但莉莉勸我不要這麼做，我們必須留在崗位上。

兩個星期之後，鮑里斯終於來了。

不過他並不樂意回答我們的問題。與許多受十八世紀教育的幽靈一樣，鮑里斯認為，小孩知道得愈少，成長得愈好。

莉莉和我，我們費了好大的力氣不斷要求，鮑里斯才終於說出心底話：

「親愛的孩子們，首先你們必須知道幽靈是怎麼誕生的。幽靈寶寶從不知道，對於你們的存在，爸媽只有一半的責任。我們告訴幽靈寶寶，他們跟人類一樣誕生在一個家庭。但真相並非如此，而是像人類所認知的，鬼是人死後的魂魄。所以，我們，還有你們，都是人死後的魂魄，最後一口氣的最後精魂。」

這話讓我渾身顫抖。我，一個死人的魂魄？這可真是一個令人難以接受的消息。我曉得惡鬼是這麼來的沒錯，但不覺得自己也該被歸為那一類。而且，除了關於我自己的事情以外，我什麼也不記得……。

「話雖如此，跟人類的認知相反，」鮑里斯繼續說：「鬼魂的發展模式很特別：死去的人會變成一條條細細白線，顏色愈來愈淡，然後在一個精魂囊中游動，趁著徘徊生死邊緣，降生在這世界。這些小白線會相互連結，織成一塊小小的布。這塊小布會被一對成熟的幽靈收留，他們的年齡至少要有一個世紀，這兩位乳房般隆起的白布需有足夠的歷練，得以教育這個小東西，讓他長成一塊美麗的白罩布……所以『父母』這種說法沒有錯，但『養父母』這個詞可能更加貼切。」

無論有沒有加上「養」這個字，我的父母就是我的父母，這一點絕對不變。

「現在你們知道這些原委,我們來談論此時正發生的悲劇性問題,」鮑里斯又說。「跟你們想像的一樣,大部分的人類抗拒死亡,而且,即使大多數不甘願地接受了命運,還是有一小撮人始終拉長了臉。面對這種宿命,他們忿忿不平,積怨成恨,於是出現怨鬼幽靈。他們對前世念念不忘。這並不是什麼新奇的現象,但人類倍數成長導致衍生大量的亡者,也就是幽靈;我輩之中生前不如意者為數眾多,終究形成一支怨靈大軍。」

「我的爸媽才不是這樣!」莉莉嚷了起來。

「不,當然不是,親愛的,別擔心妳的父母……所謂糞水之旁蒼蠅自來,那些幽靈生前的怨氣凝聚成一場終將讓他們幻滅的政治運動。這場運動逐漸聚集成一個強大的組織,尖酸幽靈黨。帶頭教唆的幽靈鼓吹追本溯源。他們主張幽靈族群應擁有精確的地域背景,也就是說,純粹的血統。他們認為,新來的幽魂,或出身低下,或來自貧窮的國家,既齷齪又危險,破壞了這份純粹。因此,在酸靈,也就是尖酸幽靈,的旗幟下,聚集了所有積怨的幽靈,他們以小組行動遊蕩,憎恨所有跟他們不一樣的幽靈。」

「我曾感受到爸媽的大房子裡有影子飄過,」我說,「一定是酸靈!」

「很有可能,」鮑里斯閃爍其詞地回答:「不過不必替你的父母擔心……」

「向我們宣戰的是那些酸靈嗎?」莉莉問。

「是的，他們攻擊所有不認同他們價值觀的幽靈。你們必須學會辨識。他們來自各種煽亂組織。位居第一的政治領袖，是一名思想倡導家，他用不切實際的教條、包藏邪惡思想的長篇大論來迷惑大眾。整場戰爭完全就是反映他偏執脫序性格的傑作。他將酸靈黨逐步軍事化，訓練成一支真材實料的軍隊，規模強大，擁有好幾千名幽靈士兵。他高居金字塔頂端，在這個結構下分為好幾個階級：一支祕密警察、一支精銳軍團，以及最恐怖的民兵鎮壓部隊。軍隊裡也複製同樣的分級結構，每個幽靈互相監視，互相爭鬥，以仇報仇，以恨報恨。殘害身心的氛圍形成一種暴力競賽，但最後受害的永遠是同一個族群……。」

「他們傷害了我們的父母嗎？」我激動地問。

鮑里斯裝作沒聽見。

「那些酸靈黨在哪裡？我從來都沒見過！」
「根據所屬的階級或煽亂組織，他們有各種形態：有的披斗篷，有的穿制服，但大部分都濕濕黏黏的掛著一張陰沉死人臉。民兵組成的鎮壓部隊可以從他們的黑色大衣認出。然而，他們之中有些做平民裝扮，難以辨識。他們像一團黑壓壓的兇殘烏雲遍佈整個國度。幸運的是，我們所在的地區雖然受到監控，但他們決定繼續賦予我們自由，即使這並不會持續太久。」

鮑里斯事先細心打點，帶來了行動立體全像投影機，讓我們能看到那些幽靈的幾個畫面。從此，那些傢伙將成為我們的敵人。

「孩子們，仔細聽我說……我要告訴你們一個祕密。一個天大的祕密！不過你們要向我保證，絕對不告訴任何人。」

「絕對不說，你可以放心！」莉莉熱烈附和。

「就連你們覺得可以信任的人也不能說……。」
「我們以年輕幽靈之名向你保證。」

鮑里斯猶豫了一下，然後壓低了嗓音，悄悄跟我們說：「我們是反抗軍。一個地下組織……冰屋是我們其中之一的後勤基地。裡面有好幾個單位，來自各方人馬：幽靈共產黨、幽靈保守派、無國籍幽靈以及其他不同理念的朋友。不過，為了對抗尖酸幽靈，我們團結一致。我們發送印在冰紙上的傳單和報紙；我們設置冰凍炸彈，把敵人的罩布凍成冰晶。我們攔截重要的靈界訊息來幫助囚犯越獄，還有很多其他事情……為了捍衛我們的理念，我們必須說服更多幽靈加入。否則，大家都會被送進那些怪物為我們建造的臭牢房。」

「所以我們的父母是反抗軍成員，反抗情報員？」莉莉慷慨激昂起來。

「某種程度上算是。」鮑里斯回答。

「那我們應該在他們身邊一起作戰！」我高喊。

「你們要堅守崗位，留在這棟屋了裡。」鮑里斯和藹地輕聲斥責：「你們作戰的方式就是保護好自己。你們是未來的希望，不能出去冒險。」

閣樓的門突然打開。

是小肉丸。牠長長的舌頭垂到地上，朝我們直衝過來，跳到鮑里斯身上，大片大片地舔他的臉。我感到一場衝突即將爆發：鮑里斯氣我們跟一隻活靈生物作伴。無論是人還是狗，我們都不該跟一個血肉之軀有來往，因為那是不合乎規矩的事。在莉莉的幫忙之下，我把小肉丸送去氣氛比較和緩的地方，換句話說，院子角落的狗窩。牠垂頭喪氣的趴下來，焦慮不安地望著我。身為一隻狗，牠沒辦法用文字說話，但牠的問題透過眼神清楚地傳達出來：「你們不會丟下我自己離開，對吧？」

我們回到閣樓時，鮑里斯已站在門口，準備上路。我很難過他又要離開，因為僅僅一個晚上，他便填滿了父母留給我們的空缺。他的說明雖然模糊，卻讓我那織布做的內心萌生一股希望，是察覺到自己的野心後所燃起的那種希望：現在，我必須將我這個小幽靈的命運掌握在自己手中，努力找回我的父母；由我來對抗那些威脅他們安危的傢伙。而我知道，在這項行動中，莉莉將是彌補我不足的那一半，她的成熟會給我莫大的幫助。

「有機會我就回來，」鮑里斯說，「孩子們，我為你們感到驕傲。你們是這個區域的瞭望尖兵，只要做好這項任務，你們便是為反抗運動盡了一份很大的力量。」

他停在那裡，躊躇不前。

「孩子們⋯⋯。」

拂袖一揮，他熄滅了蠟燭。

「我還是得跟你們多講講，因為⋯⋯怎麼說呢⋯⋯你們可能會被接下來的
情勢發展嚇到。」

我們提心吊膽地等著他說下去。

「我們與活靈世界的關係比看起來的要複雜，我們從人類的死亡而來，但
人類的歷史卻緊緊跟著我們的歷史走。這種情況完全不是我們造成或煽
動出來的。我們僅證實了這個現象，如此而已。直到最近幾十年我們才明
白，以前被祖先們視為一系列偶然巧合的事，經嚴謹的研究顯示，是一種
無可辯駁的時間鏡像效果：我們的歷史和各種事件，總是比人類世界中的
相似事件早幾年發生。與邏輯恰好相反。孩子們，幽靈的歷史走在人類歷
史前面。」

鮑里斯跟我們講的這件事，對當時的我來說很抽象，甚至不重要。人類的
命運跟我無關，莉莉在這個問題上，似乎跟我持相同意見。然而，鮑里斯
對我們宣告這一切時，用的是一種極為鄭重、過分莊嚴的語氣。我當時覺
得太過浮誇，簡直可笑。

可見我錯得多麼厲害。

我記得非常清楚，當幽靈戰爭進展到占領與反抗的時候，那天晚上，在人類的世界，掛在廁所門後的日曆顯示，一九三三年一月三十日。

鮑里斯再度離開後又過了幾個星期，我們重新過起農場生活。沒有一天我不為自己的沒用感到生氣。什麼事也沒發生，附近沒有尖酸幽靈，沒有動靜，什麼都沒有！儘管鮑里斯下了禁令，我們還是應該出去作戰。我試圖說服莉莉，雖然我們年紀小，但我們也一樣，都是反抗軍。我把冰屋小幽靈讓我看到的傳單上的句子轉述給她聽：「拒絕服從即是最明智的義務。」總算這一次，我們各自的父母會為我們的不守規矩感到驕傲。莉莉本以為那是我編來騙她的惡作劇，還稱讚我能編出這麼漂亮的句子。她有點舉棋不定。「不自由毋寧死。」我告訴她。終於她的態度有了轉變。她或許曾在某處看過那份傳單，因此也認可了我那個關於拒絕服從的論點。假如那句話不是我亂編的，而是來自一個比較值得尊敬的機構，也許可以算數……。

不過，到了隔天，莉莉又改變了心意，拒絕考量一切離開的可能性。

「作戰，去哪裡作戰？什麼時候？怎麼做？」她說。

講求實際，令我洩氣。

「聽從我們的直覺就對了！」

莉莉似乎不再相信這句話。還有另一項困難，在於遵守我暗自對小肉丸許下的承諾：我們不會丟下牠離開。但我知道這是件棘手的事。

於是在等待可以行動之前，我們必須消磨時間。很幸運地，我們在閣樓找到了一副塔羅牌可以派上用場，幫我們度過這個難關。

那天晚上，莉莉抽到一張吊人，看得出來，她的心情大受影響。仔細想想，這是個奇怪的反應，幽靈通常並不迷信。無論如何，這是她的魅力之一，反正在我眼中是這樣。小肉丸用牠狗狗的方式玩牌，也就是隨便亂來，讓口水滴得牌面上都是。莉莉大發雷霆，用隔空取物的超能力搬來一張被蟲蛀爛的椅子，讓它在空中打轉，最後砸在小肉丸頭上。氣氛一點也不歡樂。我們再也受不了這種一板一眼的修道院式生活，而更遺憾的是，我們必須克制自己，不能發揮我們身為幽靈的能力：我們不能驚嚇任何人，就算為了取樂也不行。就在那時，我動了個念頭，想在某個暴風雨的夜晚對屋主整個家庭大叫現形，藉此改善狀況……只是多加考慮後，想到魅影現形恐怕讓這個地方真的變成一棟鬼屋，這樣就太愚蠢了：前屋主去世時，這裡根本沒有出現任何幽靈，沒道理替這座農舍貼上這樣的標籤。於是我的結論是，我們從一開始就沒有理由待在這裡。我的論點堅實有力，我相信莉莉也會同意。不過，讓她下定決心離開的，卻是另外一個截然不同的原因……。

我抽到了魔鬼。我自己覺得不好不壞。然而，莉莉一看到這張牌，突然臉色發白。

這時，一聲淒厲的嘶喊劃破寧靜的夜晚。

我撲到莉莉身上全力抱緊她，才發現她比我還要害怕。但其實沒有什麼嚴重大事，只是隔壁人家的馬發出嘶鳴。一聲有力的嘶鳴，的確，但沒有到驚擾當地居民睡眠的程度。

這次插曲讓莉莉決定立刻拔營。她甚至同意讓小肉丸跟我們一起走。她大轉彎的態度令我不知所措。我們根本沒有任何的計畫：離開，往哪個方向走？再說，儘管我想盡快離開小屋，卻也不免懷疑，擔心那匹馬之所以嘶鳴，該不會是因為看到尖酸幽靈？哪怕是為了尊重派我們駐守此地監視這個區域的鮑里斯，也該查證一下這個假設的可能性。但一想到那匹馬，莉莉就臉色發白，全身無力。她拒絕跟我一起前往調查。

為了這首次的反抗任務，心裡怕得要命的我，悄悄地漂浮在那頭動物上空幾十公尺的地方，以免被牠察覺。我在那兒待了將近一個小時。黑夜之中，我全神貫注，提高警覺地偵查周圍大自然中的一舉一動，連樹葉的顫動也不放過。酸靈黨很危險，這是一定的，但危險到什麼地步？他們會用什麼武器？

幸運地，沒有任何動靜。沒有雜響，沒有幽靈鬼影。

沒有任何需要注意的地方。

我的第一次任務成功了。

我感覺到自己有了重大的變化。從此，一股驕傲的感受引領我的行動。我長大了。

我再也不是家僕小幽靈。

現在，我是：

反抗小幽靈。

伴著初升的朝陽，出發的時刻終於到來。

Chapter III

出發非常好，但該往哪個方向？

「西北邊！」

莉莉已決定，專斷地發號施令。我們以每小時一百多公里的速度朝這個方向飛行，並用背包斜揹著渾身發抖的小肉丸。可憐的小狗狗，牠並不習慣這樣的空中旅行。在一片濕滑的草地上靈活降落後，莉莉毫不猶豫地鑽進一座莊嚴肅穆的宅邸。從外部的疊澀拱梯和綴在牆面的小塔樓來看，屋主的社會地位不容置疑。她熟悉這個地方，因為她曾經與父母一起鬧過這座莊園。此外，這條我們正通過的密道，正是某個深秋的寒冷早晨，她的爸媽消失的地方。這條密道，從樓上的臥房，通過狹窄的螺旋梯，通往一扇面對著花園的隱密的門。

「假如有什麼線索，　定在這裡。」莉莉低聲跟我說。

她情緒激動，我很清楚是這棟大房子再度引發她的絕望。她請我不要現形，因為宅子裡住著一對領著老人年金又格外自以為是的人類夫婦。他們是唯靈論的信徒，看到鬼魂總是欣喜若狂。

「我爸媽常故意讓他們開心，」莉莉告訴我，「挑他們在進行裝神弄鬼的拙劣黑彌撒時，對他們現形。不過，我們呢，一定要保持低調才行！」

在我的協助之下，她仔細爬梳整棟屋宅，而小肉丸則趁這段時間去了廚房，尋找任何能吃的東西。到了這個時辰，屋主們早已在繡著小天使的棉被下，握緊拳頭熟睡了。

就在他們的床下，我找到一小片磨損的白布。我拿給莉莉看，她臉色發白。那是來自她父親身上的碎片。

她情緒激動，鑽入洛可可風的五斗櫃，把所有手套、手帕和各種梳妝用品翻得一團亂。她又跑到寬大的核桃木大衣櫥裡繼續搜尋，把裡頭的絲綢床單扔到空中隨風飄蕩。仍找不到具說服力的證據。於是莉莉決定去詢問屋主。我很擔心又出現心臟停止的狀況：畢竟那對夫婦已不年輕。再說，黑彌撒中的幽靈多少可預見，但跟突然醒來撞見鬼所引發的驚嚇程度可不是同一個等級。

就在莉莉靠近老太太那睡得浮腫的臉時，花園傳來一陣布衫窸窣。我們朝窗戶飛去，發現樓下有一團皺巴巴的幽靈，看上去還算年輕，但幾乎已變成黃色，彷彿剛從垃圾堆出來。他面露畏懼地縮在一棵樹下。小肉丸在廚房吠個不停。我們還沒來得及飛向花園，一抹冰冷暗影讓我們立即停下動作：一位全身漆黑的高大幽靈緩緩逼近年輕的鬼魂。而年輕幽靈沒有任何動作，只能盯著前方，因恐懼而無法動彈。

接下來是我們無從想像的殘暴。尖酸幽靈砍斷年輕鬼魂頸子的那截罩布，宛如夢中情境，無聲無息。出手瞬間看起來充滿狠勁，畫面卻那麼緩慢，至今這一切於我，仍彷彿慢動作播放的歷歷在目：小幽靈像遭受聚爆，從內部消了氣。

見到那個幽靈怪物，小肉丸驚惶失措，一面後退一面狂吠，結果吵醒了屋主夫婦。我們用最快的速度飛行逃跑，途中一把抄起小肉丸，衝向北方，直到甩掉危險。我似乎聽見一聲驚恐的尖叫，但無法確定發生了什麼事。也許尖酸幽靈用他那副猙獰駭人的模樣向老夫婦現形了，但我永遠無從得知。當時我們只有一個念頭：逃。一棟棟建築在我們的眼下飛逝，我們飛越城市上空卻無心瀏覽，因為還深陷在剛才看見的陰森畫面。那個可憐的年輕小幽靈能犯下多大的罪？什麼樣的行為該遭受這麼嚴重的處分？我回頭看了莉莉一眼，她淚流不止：她緊抓著她父親的那一小塊布，按在胸口，跟在我身後，連我們要去哪裡也不知道。這時前方出現一團烏雲，我一時誤以為是尖酸幽靈，害怕極了，看見一座大建築的頂樓有扇窗戶敞開，便直接俯衝進去。莉莉跟我全速在地板上滑行，穿越兩三道厚厚的牆；至於小肉丸，牠那副血肉之軀，在第一道牆就迎面慘撞。幸好，沒有大礙。牠重新站起，毫髮無傷，對這次衝刺開心不已，加速朝我們奔來。

我們位於一間地板精心打蠟、沒有家具的寬敞大廳，牆上掛著許多用金色畫框框起的大型畫作。

在我正前方的畫中，有一隻用奢華布料構成的平面小幽靈。

畫面上的男人，表情難以解讀，大致介於屈服、恐懼和喜悅之間。他的臉朝著一個有著人類臉孔的平面小幽靈。說真的，那個小幽靈實在很奇怪，他的外型讓我退卻好幾公尺。莉莉見著卻笑了起來，我覺得她太大意了。我們既不曉得尖酸幽靈有多少種類，也不知道他們可能以什麼形態出現。

「拜託，那是聖母顯靈啦！」莉莉笑我，仗著她比我年長幾歲：「你從來都沒看過嗎？」

沒有，我從來沒看過。我氣自己無知，卻要莉莉為此付出代價，那就是假裝不再跟她說話。這個決定很難堅持，因為我腦子裡閃過一大堆問題。畢竟，這個大房間裡所聚集的十幾幅畫，每一幅都令人好奇。

這時小肉丸瞪著牆上的木雕鑲板叫了起來：一個胖胖的蒼白幽魂緩緩現形。先前我們都沒察覺他來到這裡。

他朝我們而來，罩布隨著密閉空間的氣流飄蕩。小肉丸試圖咬住罩布的一角，這才發現那塊布像浪花般無法捉摸。

「是誰讓你們進來的，孩子們？」他的聲音比想像中的悅耳。

很幸運地，他不是尖酸幽靈。不等我們問，他馬上便自我介紹。他的名字是莫里斯。他自豪地報上幽靈藝術史學者的身份。他還補充說，對幽靈而言，那是一份特殊職業，在他之前只有一位曾經擔任，而且大名鼎鼎：偽造者巴拿巴，因十三世紀時任職於聖薩萬修道院 [3] 而聞名。

「但是如今，」他激動起來：「幽靈既沒教養又愚蠢，最悲哀的是，他們對藝術漠不關心。」

對於這個問題我們沒有想法，相信他說了算數。他向我們解釋，說他正滿心歡喜地鬧著我們所在的市立美術館。每天夜裡，他漫遊在這個機構的一條條長廊裡，用他帶有 X 光的視線解讀展出的古老畫作圖層，學到了許多事。某些發現甚至鼓勵他去接觸美術館館長——一個思想開放，不排斥幽靈存在的人——，跟他分享一些疑點。舉例來說，經過深入檢視，偉大的魯本斯名下的那幅〈三王朝聖〉[4] 顯得問題重重。根據他的看法，那頂多是魯本斯畫坊裡出產的一幅作品，或更糟的，僅僅是一幅精巧的仿作。

莫里斯話匣子一開就停不下來，但莉莉已經沒有在聽他說話。一想到她的父親或許跟稍早的小幽靈一樣，也被那樣野蠻地割喉，她就心慌意亂。

莫里斯注意到莉莉絕望地抓著一小塊布，立即明白事態。他帶著拘謹的敬意靠近。

「我能幫上您的忙。」他說。

---

3 聖塞文－梭爾－加爾坦佩（Abbatiale de Saint-Savin-sur-Gartempe）位於法國維埃納省（Vienne）。始建於 11 世紀，以擁有許多 11 世紀和 12 世紀保存完好的羅馬式壁畫而聞名於世，被譽為「法國的羅馬西斯汀教堂」。世界文化遺產。

4 彼得・保羅・魯本斯（Peter Paul Rubens，1577-1640）法蘭德斯畫家，巴洛克畫派早期的代表人物。畫作有濃厚的巴洛克風格，並以反宗教改革的祭壇畫、肖像畫、風景畫以及有關神話及寓言的歷史畫聞名。三王朝聖（Adoration des mages）是魯本斯繪於 1624 年的作品。

莉莉同意讓莫里斯用Ｘ光視線檢查那塊布；他得以辨識出基因型以及日期。

「妳確定這塊布真的屬於妳父親嗎？」他問。

我的莉莉公主感到迷惘。她認得出布料的織紋特色、柔軟觸感、特別是殘留在上面的香味。在她看來，不可能有任何猶疑。

然而，莫里斯用斬釘截鐵的語氣宣告：「這塊布不屬於妳的父親。」

莉莉的心跳得好快，快到我彷彿能聽見搏動的節奏。

「假如想找到他，妳就必須多告訴我一些他的事，孩子。」莫里斯又說。

她瞬間哭成淚人兒，匆匆訴說了她父母的故事：失蹤、祕密活動。她用因為哽咽而變得斷斷續續的聲音，向我們講述她父母如何被指控從事間諜活動，並描述了戰爭以及恐怖猙獰的尖酸幽靈。

「別哭成這樣，妳讓我好心疼。」

莫里斯深受感動，眼眶也泛著淚水。他雖然講究科學，但也擁有一顆善感的心靈。他告訴我們，沒有什麼比看到一個孩子哭泣更讓他覺得不公不義的了。

「妳累壞了，可憐的莉莉，」他說，並邀請我們留在他的國度裡休息一會兒：「我們所在之地是文化重鎮，可保護你們不受戰亂波及。親愛的孩子們，在這裏，你們可以像王子和公主一樣，在精緻美妙的作品圍繞下生活。別再為你們的父母擔憂，放心吧，我確定，他們就在不遠的地方。」

當莫里斯弄清楚小肉丸也是我們其中一員時，皺了一下眉頭。

好在他心胸寬大，也向我們表露他對小狗有某種程度的喜愛，儘管牠們的愚笨深不可測。當然關於這一點，我並不苟同他的看法，不過現在不是爭論這種事情的時候。

接待我們的主人，趁著接下來的一整天加強了我們的藝術涵養。對我們來說，每一幅畫都能帶來一次驚奇的發現；對他來說，則是可以沉浸在自己的講解中，為之陶醉。他所揭露的幽靈史，實在是我們始料未及，但他的理論之浮誇影響了可信度。直到今天，我仍自問當時他所談的是否沒有觸及重點，那些瘋狂的理論是否真的與真相不符。

「即使存在著許多更古老的作品，但在這裡的展品都十分有意思。」莫利斯在大師們的作品前轉來繞去，開始解說。他湊近一幅畫，我從佈滿灰塵的畫框上辨識出作品的標題和日期：「聖湯瑪斯 [5]，一六二〇年。」

「那麼，都懂了嗎，孩子們？非常顯而易見，不是嗎？」

我轉頭看莉莉，她也跟我一樣，完全摸不透莫里斯試圖告訴我們什麼。那幅畫畫著一個男人，一手拿著長矛，一手拿著一本厚書。他凝視著畫框外的空間，似乎看到了令他驚訝的事物。但這一次，沒有所謂的聖母小幽魂。莫里斯睜大眼睛瞪著我們，目光中揉合憤怒與急切。

「你們瞎了眼嗎？」

5 這裡指的是維拉斯奎茲的畫作〈Saint Thomas〉。

一陣充滿譴責的沉默過後，他繼續說：

「幽靈始終是虛擬的表現，只存在於人類的想法中。我們的祖先從來無法被看見，因為從來沒有被形象化，從來不會現形。他們自古以來就在，但只以一種極度飄渺的形態存在，宛如一場無法捉摸的迷夢。容我大膽地這麼說：在藝術家們不為人知的才華中，他們有了血肉，有了形像……。」

眼見我們露出意興闌珊的表情，莫里斯改用比較激昂的語氣：

「藝術家們為幽靈賦予了自由意志，他們的自由意志以及他們的形體外貌。他們用精確地方式讓幽靈現形，結果，也賦予了他們一種具體的存在。話雖如此，這種透過藝術而得的揭示，是畫家造成的，當然，但那卻是不得已之舉。幽魂透過以圖像形態呈現的宗教儀式來現身，出自才華洋溢的頂尖畫家非意志所能控制之手！」

說實話，莫里斯講述的內容我沒聽懂多少。莉莉似乎比較能接收其中訊息。

「你們看，」莫里斯狂熱地大喊：「看好這裡的光線如何支持我的說法！」

他靠近那幅畫，描述畫中人物的衣袖輪廓。

「仔細觀察維拉斯奎茲 [6] 下意識凸顯出來的部分：聖湯瑪斯，信徒中就屬他多疑；在他的肖像後面，隱約可見我們的族群，就在衣袖的結構裡，那隻被遮蔽起來的胳臂的動作中，那截布衫的形狀所透露的，就是我們的化身。」

6 維拉斯奎茲（Diego Rodríguez de Silva y Velázquez，1599-1660），文藝復興後期、巴洛克時代、西班牙黃金時代的重要畫家。

莫里斯說得沒錯！

一個幽靈清清楚楚地在那裡，呈現在畫布上。莉莉高興極了。我們先前怎麼看不出來呢？

「圖畫是幻影，」莫里斯充滿熱忱地説：「而我們幽靈，則是幻影的精華⋯⋯」

一旦受過了啟發，牆上大部分畫作都變得一目瞭然。所以，多虧了莫里斯，我們學會解讀屬於我們歷史的偉大史詩。隨處都有幽微存在的幽靈：在〈聖馬太與天使〉[7]裡有三個、〈賣水者〉[8]裡也有一個，又或者那一個，形狀完美，可從〈酒神的勝利〉[9]中一個醉漢的外袍上辨認出來。

「在那個時期，布褶的學問可不是雕蟲小技。」莫里斯繼續講解：「評斷一位畫家的好壞，就從他呈現布料的技巧來看。你們看這個被遺棄的幽靈的表情：一邊是聖馬太，另一邊是天使，他們的托加長袍各自暗示著一個幽靈，而第三個，被扔在那裡，像一塊抹布似的⋯⋯。」

那塊抹布般的形體讓我體內翻攪，頓時有種想吐的感覺。我直接聯想到在我們眼前被殘殺的那個小幽靈。

「那個時代就已經有尖酸幽靈了嗎？」莉莉問。
「想必有吧！不過是另一種類型。」莫里斯有點不高興地回答：「我現在跟你們談的是藝術史，不是我們這個時代那些不入流的嚇人鬼。」
「您在這附近有見過嗎？」
「你們說的是什麼？那些尖酸幽靈？⋯⋯要知道，那一切都跟我無關。」
「我們必須離開這裡。」莉莉突然堅定表示。
「離開？但妳要去那裡啊，孩子？」

7 聖馬太與天使（Saint Mathieu et l'Ange），卡拉瓦喬之畫作，繪於 1602 年。
8 賣水者（Le Porteur d'eau），維拉斯奎茲的作品，繪於 1602 年。
9 酒神的勝利（Triomphe de Bacchus），維拉斯奎茲之作，繪於 1628 年－1629 年。

「我的父親還活著，我得去找他。」

「你們一旦離開這個地方，將曝露在極大的危險中，沒有任何支援。相信我，留在這裡才是最明智的做法。」

「我們是戰士。」莉莉用一種我沒聽過的語氣回應。

莫里斯露出遺憾的表情，很難過的樣子。看得出來，他雖然是個獨來獨往的幽靈，卻也是個憂愁的孤獨者。我們的出現給了他一點溫暖。

「不自由毋寧死！」莉莉突然高喊。我大吃一驚。

沒想到她會宣揚不久前她還不願相信的口號。

「我們還年輕，」她又說，「不想過著封閉束縛的生活。我們是反抗軍！」

莫里斯呆愣在將拳頭高高舉起的莉莉面前。

「幻象……那是一個幻象啊，我可憐的孩子。」他的聲音如一縷細絲。

鮑里斯特別囑咐我們永遠別跟任何幽靈提起反抗活動，這道命令剛被違背了。可怕的錯誤。但我不能為了這件事生莉莉的氣，我永遠不會怪她，因為我對她的愛永無止盡……。

離開的時候到了。我用目光搜尋小肉丸，都沒看見。我讓莉莉和莫里斯去美術館的其他廳室尋找。我很擔心。牠不曾獨自出去冒險超過幾分鐘。牠不在雕像陳列室，不在洗手間，也不在大廳接待處……不在閣樓也不在地窖。我也沒在小花園裡看到牠。

牠失蹤了。

於是我往牆壁裡去找。結果，意外發現：展示廳的主牆和裝飾鑲板之間，存在著一個空間。

那算是一條隧道，我沿著走到盡頭，來到一個更大的廳室，一個人類無法進入的祕密空間。令我大吃一驚的是，在那裡，我發現了十幾幅靠在牆上的畫，罩在一面黑色防水布下。光線十分幽暗，難以看清。可以確定的是，對幽靈文化有研究的都明白畫中所呈現的是什麼場景。在第一幅畫中，一大片黃土地，兩個披穿白巾的人物，看起來似乎迷了路。第二幅畫上可見幾個上古時代的人類送給另一些人兩件閃亮的長罩衫，彷彿兩個隨時會活過來的幽靈。最後，第三幅畫上有一個被釘起來的男人，僅靠圍繫在腰間的一塊長巾蔽體，而且，我的天，毫無疑問地，這塊布料以一種神妙的光影所襯托出，稱得上是我有幸欣賞過最美的魅影。

莫里斯知道這些祕密寶藏嗎？正當我打算離開密室去告訴他時，突然感受到某種不祥的震波在增強。說時遲那時快，我立刻緊貼天花板，變化成與其材質相符的形狀和顏色。從上面，就在我的罩布下方，我看見兩個卑鄙的尖酸幽靈。他們一身黏糊糊的，烏漆墨黑，布衫襤褸。其中一個戴著軍隊的徽章，另一個披著斗篷罩袍，拿著一本大冊子。我攤成一團，目睹了一場盜畫的過程。「楊·博特[10]的〈加爾默羅會修士風景〉、維拉斯奎茲的〈約瑟夫的長袍〉、祖巴蘭[11]的〈十字架上的基督〉，」其中一個尖酸幽靈邊把畫從畫框取下，邊報上細節。

另一名尖酸幽靈在大清冊上仔細記錄每幅作品的名稱，然後將畫作小心捲起，放入鋼製畫筒中。

10 楊·博特（Jan Both，1610 1652），荷蘭畫家，荷蘭山水風景畫代表。
11 祖巴蘭（Francisco de Zurbarán，1598-1664），西班牙宗教畫家，擅長描繪僧侶、修女、殉道者以及靜物。

我不假思索地鑽入天花板上的樑柱之間，疾速飛行，一路衝到美術館的畫廊。莫里斯長得胖乎乎的，行動又緩慢，我敢說他還沒移動幾吋呢！結果我錯了，展廳裡空空蕩蕩，莫里斯和莉莉都不在。這時，一團黑影撲到我身上，我還來不及防備，滿臉就被甩上溼答答，原來是小肉丸。牠看見我太興奮了，瘋狂舔我的臉。從牠的氣味我就知道，牠在某個角落找到了廚房。

「你跑到哪裡去了？小壞蛋！我還以為你死了。莫里斯呢？莉莉和他在一起嗎？」

顯然，小肉丸不會回答，但在牠眼中讀到的不是讓我放心的訊息。這時，我瞥見莫里斯站在一扇開向花園的窗後，我立刻朝他衝去。不過，那只是映在玻璃窗上的影子，真正的莫里斯其實在正對面，位於緊鄰主建築的大庫房裡。我一口氣飛下去，就在快到門口的時候，發現裡面不只有他。一位無比高大的尖酸幽靈站在他面前，那兩名盜畫賊也潛伏在陰影裡。他們怎麼這麼快就到這裡了？我立刻貼緊外牆停下。他們想要割喉殺掉莫里斯，一定是這樣。我想到莉莉，緊張極了。她成功逃脫了嗎？

「還有這一幅也是，」莫里斯說，語氣平靜且鎮定：「糟糕透頂。我可以給你們，它可是非常有價值的。只是我呢，我可沒辦法再多看它一眼。」

我沒聽懂他所說的內容。他拿著一幅畫框簡樸的小尺寸畫作。

「詹姆斯·恩索 [12] 的〈魟魚〉……這幅畫是對品味的侮辱。」他刻意沉默一陣，藉此製造出更有說服力的效果，然後接著說：「我同意這其中確實有幽靈題材，不過筆觸如此平庸，多醜的塗鴉啊！」

「好極了！畫作愈粗俗，對我們就愈有用。」高大的尖酸幽靈用粗啞的嗓音大聲說。「我們準備在文化宣傳部舉辦一場展覽，讓群眾看看如何表達頹廢。」

我感到一陣作嘔，再也聽不下去。我發現莫里斯具體展現了所謂的表裡不一：叛徒……出賣自己靈魂的傢伙！

我必須找到莉莉。我相信以她敏銳的觀察力，想必在酸靈們到來之前就逃走了。小肉丸伸長鼻子，直接朝地下室走。我毫不猶豫地跟上牠。牠的小腳掌一口氣奔下通往地窖的樓梯。我飛越牠來到牠前面，看見泥土地上有一根長長的鋼管。小肉丸上前嗅聞，搖著尾巴。我拂袖把牠趕開，俯身探觸鋼管。一摸到管子，我便感到一陣輕微的震波。我貼上耳朵，認出莉莉的聲音，悶悶的，彷彿從遙遠的地方傳來。

「莉莉，妳聽得見我說話嗎？莉莉。」我大吼。

12 詹姆斯·恩索（James Ensor，1860-1949 年），比利時象徵主義及表現主義畫家。

她在哭，我卻聽不清她說什麼。我試著鑽進那根金屬管子，卻不得其門而入：那是一種抗幽靈合金。這種材質密度極高，管子至少重達兩百公斤，完全不可能搬動。我從各種角度仔細查看，希望能找到打開它的辦法。

我注意到金屬弧面上有兩個小孔，宛如被咬過的痕跡，我猜可能是某種鎖孔，因為極小也無從破壞。我四周查看發現這座地窖裡沒有足夠細小的器具——尖針或細小的樹枝——可以充作鑰匙。因此，我在小肉丸身上拔了兩根粗硬的狗毛，想盡辦法塞進小洞之中，但即使我再怎麼努力，狗毛一直折彎，完全無法發揮任何作用。

管子那端傳來莉莉的哭喊，透露她的驚慌失措。我聽在耳裡，痛在心裡。經過十幾次徒勞無功的嘗試，我決定深入敵營找出那把該死的鑰匙。

莫里斯以及正與他熱烈討論的酸靈們，都沒察覺到我：我以繞射發散的形體回到庫房，如薄霧一般清清淡淡。

「古典藝術博物館館長的職位對我來說十分完美，」他説。彎腰鞠躬，阿諛奉承。「但您可曾把我的提議向上級報告？」

「你可真放肆，」大尖酸幽靈冷冷回應：「你跟我一樣清楚，想要坐上部長的位子，必須是黨員出身才行。」

「首席藝術顧問，這是我最後的請求……。」
「夠了，我們要走了！」

「請等一下，我還有件事您可能會有興趣。」莫里斯説，並拿出一個由兩根金屬細針組成的小工具。我立刻認出那是我一心尋找的鑰匙。

「一個反抗軍小兵，」他説，「她的父母是一對間諜。抓得漂亮，一石兩鳥！只要慢慢宰割她，您就可以得到珍貴的情報……這可值得一個首席顧問的位子吧！」

莫里斯比我所想的更卑鄙，不僅私賣畫作，還隨時可以出賣同胞。我不假思索，衝上前去搶鑰匙；不過，在重組形體的時候，我錯過了目標，我還來不及抓住，鑰匙便掉落在地上。

「另一個反抗小兵來了，我確定是他！」莫里斯開心地大喊。

大尖酸幽靈撲到我身上，想用他黏ㄅㄅ又散發著腐肉味的罩布悶死我。

我鑽進地板，成功脫逃。我瘦小的身材，可以在地下十五公尺厚實的岩層間穿梭。尖酸幽靈，他們太高太壯，沒辦法用同樣的速度追上我。至於莫里斯就更別說了，他過度肥胖。我在幾百公尺之外才鑽出地面，沿著一棵樹，一鼓作氣盡量攀升。然後再次使出繞射的技術，混入一朵雲中。

從這個高度往下看，宛如觀看一齣迷你戲劇：囚禁著我親愛的莉莉的那根管子，在大尖酸幽靈手上。跟在他身邊的兩名助手負責揹裝著畫作的鋼管。他們爬上一輛炮彈型長禮車，光速般駛遠、消失，不知開往何方。

莫里斯沒有跟他們走。

我從未感到如此急切的報復之心。遇見莫里斯以前，沒有任何人事物讓我燃起如此恨意。當我想到莉莉被關在管子裡，一股憤慨的情緒使我喉嚨周圍的罩布鼓漲起來。於是我朝美術館的屋頂飛去，有如一道閃電，用盡全力加速垂直落下。這時我一心所想，不再是救出莉莉，而是用我的力量摧毀害她的那個傢伙。

我比莫里斯矮不止三倍，瘦弱不止十倍；然而，我知道在那一天，我的力氣夠大，能將他化為虛無，把他從這個世界地圖上抹去。

我在美術館的主展廳找到莫里斯。

地板上，他已被撕成碎片，散落四處。

尖酸幽靈早就解決了他。

接下來好幾天，我意志消沉的蹲縮在小肉丸身邊，無法動彈。我依偎在牠胸前，試著什麼也不想，努力掙扎著不讓莉莉開朗的表情出現在我的夢中。但是，她的影像分分秒秒在我腦海浮現，緊接著才是爸媽。我費了好大的力氣才重拾我小小的存在，這個太早就充滿遺憾、無力和絕望的存在。

我的救贖來自小肉丸：牠出自於不耐煩，把我重新推上了軌道。對於比落葉還沒有活力的我，牠早已看不下去。一開始牠表達關懷，但現在牠用行動表示，使出各種花招，不斷挑戰，力求恢復原來的生活。第一件事就是，強迫我給牠丟根木棒或丟一顆球。

克服了羞愧感之後，我決定回去尋找鮑里斯的蹤跡。我一直害怕他的反應，因為我們違背他的命令，擅自離開農舍的崗位，而且比犯下軍人過失（既然我們是反抗軍）更糟的是，我破壞了他給予我的信任。

只有兩個地方可能再見到鮑里斯：農舍和冰屋。農舍比較近，而且我對路線的記憶猶新，必然比較容易找。

距離我們降落還有幾公里，小肉丸對於能再回到熟悉的環境感到興奮。然而，在離農舍不遠的樹林邊緣，莉莉的倩影如影隨形讓我痛苦不已，甚至掏光了我所有的力氣。

太多太多回憶。

不可能回去我初識她的地方。

小肉丸什麼也不懂；牠在這裡出生，所以這趟歸來讓牠開心不已。我抓住牠的頸背，飛越農舍上方，牠癡癡凝望，眼眶濕潤。

不見鮑里斯的蹤跡。我朝南方的山區飛去。

雪融之後，地景變得不易辨認。山脊和岩壁上還殘留幾道積雪，我們必須越過高山才能進入白茫茫的世界。我們飛到更高之處，只剩大片薄薄冰雪。然而我記得很清楚，冰屋並非挖在冰河裡，而是接近山谷中較為平緩的下游。我盤旋下降，朝那些積雪不多的區塊搜尋。沒有收穫。我繼續往下一座山谷搜尋，終於，在一塊突出的岩石陰影下，我辨識出冰屋的殘跡：什麼也沒有。平坦的草地，以及凹陷在潮濕岩石間的髒雪。

結冰的印刷機已消失無蹤，視線所及不見任何幽靈，徒留深山才有的那種寂靜。我因而感到更加孤獨，現在這裡，比起不久之前曾遮蔽那麼多幽靈和活動的時候，顯得更加陰森。

我把小肉丸留在一棵杉樹下，去附近的山巒探勘，猜想反抗軍同志們必定還躲在這個山區的某個角落，藏在某片植被之下，或哪個漆黑的洞穴裡。

經過三天搜尋——偵查每個坑洞窪陷、每個斷壁高崖，探測每一座沼澤——我精疲力盡，宣告放棄。小肉丸乖乖地在原地等我。我懊悔把牠獨自留在那裡這麼久。但牠並未對我發脾氣。重新見到我，牠很高興，活力十足地替我慶祝了一番，讓我與生活暫時和解。

曇花一現般的感覺。

當天晚上，我把小肉丸斜揹在身上，漫無目的地在山峰之間徘徊，在沒有特定的路線上尋找唯一能拉我脫離苦海的人：鮑里斯。我往一個方向去，然後又換另一個方向，最後很悲哀地只能原地打轉。小肉丸感受到我的絕望，因為幫不上忙，只能以充滿敬意及希望的眼神看著我。牠太高估我的能力，以為我有辦法解決一切，而這讓我更加難受。

夜漸漸深，我們睡在一間牧羊人的山屋裡。我突然聽見外面傳來一陣衣衫窸窣：一個黏答答的尖酸幽靈，臉上是亡者模糊的面孔，悄聲朝上坡小徑飛移。

恐懼煙消雲散。我必須投入的戰鬥太重要，迫使我採取行動。我抓起地上一根生鏽的小鐵條，先確認那位尖酸幽靈沒有同伴跟著，然後撲上他身後，使出全力朝他那顆駭人的腦袋打下去。

那時，我非常用力地想著莉莉；然後，為了讓第二擊夠狠夠猛，我想到莫里斯那個齷齪叛徒。尖酸幽靈的臉因而碎裂開來，疼痛哀嚎。我把鋼樑插入他的背部，用力扭轉，盡可能撕破他的罩布。因為論力氣和身材，我完全佔下風，所以我必須盡快殺掉他。現在勝利在望，他已經完蛋了。

就在這時，我突然感到背後一陣不明的振動，不到一秒，便奪走我的殺傷力。在暈倒之前，我只記得小肉丸的狂吠，還有遠處月球隕石坑形成的小圖案。

幽靈的生命特別之處，在於無法確定他是否真的存在。當我徘徊在靈薄獄時——人類所說的昏迷狀態——大部分的時間都被這個既複雜又節外生枝的思考佔據。我的靈魂與我曾短暫度過的每個片刻脫鉤，失去了連貫性，發生的事不再有意義。幸好這一切只持續了一個晚上。甦醒時，我感覺剛走出一段漫長冬眠。

有光。我辨識出幾名高大幽靈背著光的剪影。

我掉入了什麼樣的地獄？死亡的地獄，還是尖酸幽靈絕不錯過機會要我受苦的地獄？不過，站在我床前的幽靈看起來不太尖酸，即使他惡狠狠地瞪著我。

「你醒啦，可憐的蠢蛋！」他突然大吼：「相信我，接下來的十五分鐘你會過得很慘！」

另一位全身皺巴巴的幽靈，直直朝我而來，搧了我一巴掌，力道之大，使我的腦袋在接下來的一整天都嗡嗡作響。

「混蛋！」他口齒不清地破口大罵：「你搞砸了整個行動！怎麼這麼遲鈍，連我們的人也認不出來？」

「算了啦，法蘭西斯，你也知道他還只是個孩子。」第三個幽靈說。在眩目的亮光中，我看不清他的臉。

「也許是個孩子，但不知道是從哪裡來的。」賞了我一耳光的皺巴巴幽靈回嗆：「謹慎起見，還是把他做掉比較好！」

「別說了，你太誇張了。我看不出他能帶來什麼危險。假如他會攻擊一個他以為是酸靈的傢伙，那就不可能是被派來的間諜。」

原來我跟反抗軍在一起！我撲向第一位說話的幽靈懷中。對於我的真情流露，他的反應冷淡，倒退三步。第三位幽靈似乎比較有同理心。

我嚴重打傷了年輕幽靈喬瑟夫。他是一名英勇的反抗軍，任務是滲入朝保護區前進的酸靈黨陣營。他們帶我去他床前，親自向他道歉。他的臉和背部縫了好多針，實在慘不忍睹。

儘管他表現得和藹客氣，我仍感覺得出來，被一個孩子攪成碎片讓他感到被冒犯。正因如此，他替我上了一課，教我反抗軍有哪些根本的特質，並特別強調：他們永遠不會從背後偷襲。

這裡有一大群同志，印刷機、收音機、香菸和貝雷帽。我太高興，竟然忘了小肉丸。

「小肉丸呢？你們對小肉丸做了什麼？」我猛然大喊。

「你跟活靈生物不該有任何瓜葛！」

我嚇了一跳。那聲音低沉嚴肅，來自一個戴著單片眼鏡的高大幽靈。他站在門口，直挺得像一把收起的雨傘。

「我不知道你怎麼會和這種生物結上交情，尤其是一隻狗，那比什麼都還不如。無論如何，記好了，孩子。假如你想為我們崇高的理想盡一份心力，就應該忘掉那些違反自然的來往！」

我被這個幽靈的權威震懾，不敢出聲；他的體型不容我有辯駁空間。我低聲下氣地向他道歉，他才轉身回到漆黑的辦公室，那裡有十幾名反抗陣營令人敬佩的高階軍官等著他，急著解決重大的戰略難題。

我位在反抗軍的心臟地帶：在決策所有事務的神秘深奧總部。總部位於山腰，在急瀉而下的瀑布背後的一個錯綜複雜的洞穴之中。湍急水聲在石壁上迴響，掩蓋活動所發出的聲音；我們的罩布變得愈來愈重，無論是說話還是手勢都彷彿被浸濕。

負責無線電的幽靈告訴了我小肉丸在哪裡。

首先必須先像鮭魚一樣逆流而上，穿過天然水池下的岩石裂縫。我終於見到我的小狗狗。牠是如此悲傷，身形看起來像洩了氣一樣。看到我時，牠幾乎沒有搖尾巴。我搔搔牠的小腦袋，向牠許下一堆自己不確定是否能信守的承諾：「我很快就會回來，別擔心，在這裡等我，你也會成為反抗軍的一員，我們會找到莉莉⋯⋯。」牠看著我，眼睛那麼濕，我能看見自己身影映在牠的瞳孔中；身為流浪動物的牠把畢生的希望刻在看著我的深情凝視中。一會兒之後，那副目光緊緊跟著我，什麼也不明白；而我又再次潛入湍湍急流，回到基地與武裝的同伴們會合。

我壯起膽子，直接進入那位身份不凡的幽靈的辦公室，打算向他報告我的計畫：救出莉莉，和我的雙親團聚。可想而知，我對軍方規矩的一竅不通，以及我沒有任何戰略用途的提議激怒了他。在場的軍官們用一種輕蔑的表情瞪著我看，讓我明白他們的時間寶貴，所以我最好趕快離開。

然而，讓我，還有這一群討厭鬼都大吃一驚的是，偉大的反抗軍領袖彎下腰來，用嚴肅的口吻對我說：

「年輕的時候，我也很衝動。這是優點。但你的計畫不切實際；就目前的情勢來說，沒有人能救出你的小女友和父母，但請相信擁有信念是正確的⋯⋯。」

他的威儀令我入迷。

「親愛的同志們，」他犀利的眼神橫掃，望向一個想像的遠方，繼續説：「讓我們大家都以此為典範。我們必將重獲自由，那是唯一可接受的未來。希望將指引我們，希望將改變局勢。就像這位血氣方剛的幽靈，親愛的同伴，我們要為勝利而戰！」

這一刻的氛圍如此莊嚴，沒有人敢隨便亂動或發出任何聲音。就連這位高大雄偉的幽靈也深受自己這番話感動，顯得有點脆弱。

「請派五名幽靈去幫這位小朋友，」他説，一面收拾情緒。「讓他們協助並支援他組織他的網路。」

我目瞪口呆。那些官員也是，現在他們惡狠狠地瞪著我。他們嫉妒得要命──尤其是搧我耳光的那位皺巴巴的傢伙──但我真的覺得好驕傲。

弔詭的是，這段痛苦的時期反而讓我得以生存下去。我終於有了屬於自己的角色，一股動力，一項目標。我全心全意地投入反抗活動，不到幾個月，就成為重要成員。即使我的行動不受後代注意，淹沒在組織策劃的各種活動之中，這也賦予了我一份尊嚴。

在這時期，酸靈黨的進攻轉為猛烈，用盡各種瘋狂的手段：勒索，隨機殺害，報復行動。

我的祕密小組有來自四面八方的幽靈：迷途的孤兒、各種領域的前政治鬥士、改邪歸正的走私販，以及沒人認為他們隸屬任何一個反抗組織的鄉下幽靈。我們建立起「進出」小組，任務是滲進敵人的陣線，找出我方落入魔爪的同伴，將還活著的那些解救出來。對於我來說，最終的目標，是找到我的父母和莉莉。

就像這樣，我們每個人都希望能再見到一位親人。

我不得不跟小肉丸分離；牠是哺乳動物，這摒除了所有可能性，牠無法陪我經歷這場終究屬於鬼魂的冒險。

離開的前夕，我去樹下找牠。牠選了一棵距離遮蔽我們的瀑布幾公尺的樹下當住所，在那裡挖了一個地洞，舖了些葉子，不受冷風吹襲。狗狗們都擁有敏銳的雷達，牠明白我必須放手，任牠自己聽天由命。牠哀求的眼神讓我不知所措。但我別無選擇，只能承諾以後會再團聚，但其實我的心裡根本無法確定。

我疾速快飛，漲滿淚水。

我將小肉丸的身影刻印在腦海中，衷心祈願這不是最後一次見面。

Chapter IV

羅班森跟我同年，頑皮奸巧，體格強壯。他一身布料厚實，生前為一名僧侶，待在刻苦清修的修道院。他很勇敢，所以被指定來協助我——這讓約瑟夫極為氣惱。自那之後，被我莽撞所重傷的年輕幽靈再也無法掩飾被計畫排除的不甘心。話雖如此，喬瑟夫的殘疾也保障他的性命安全：我們的計畫十分危險，回來的機會極其渺茫。對我而言，我已經沒有什麼可失去的了，更準確的說法是，我已經沒有任何可失去的對象了。至於羅班森，他天生具有冒險精神，隨時準備以生命接受挑戰，來測試自我極限。他做事心不在焉，我們易容時，他覺得像是一場歡樂的化裝舞會，使得戴著單眼鏡的反抗軍首領高度關注這項行動。但當我們喬裝完成，逼真的扮相似乎動搖了他。我們的外表看上去跟敵人一模一樣：臉上描出亡者的輪廓、骯髒黏膩的罩袍，通紅的雙眼。

同志們所有的希望都掌握在我們手上。

穿越那條劃分自由區和占領區的假想界線後，羅班森顯得沒那麼自在了，我知道他嚇得差一點屁滾尿流。霧比夜還濃，迫使我們更加謹慎小心。我們抓住彼此的罩布，以免走散。

羅班森不停發抖，我也是。對幽靈來說，這是恐怖的極致。陣陣淒厲的震波在我們周圍迴盪，令人反胃。毫無疑問地，我們已進入敵人的地盤，強烈的酸味飄揚，竄入滿載腐臭粒子的濃悶大氣之中。

遠處出現點點紅光。我們正接近一座城市。

來到敵營之後，一個星期過去了。羅班森和我已加入酸靈青年團。我們喬裝成功，瞞過所有尖酸幽靈。這裡的年輕幽靈全被酸靈青年團徵召，那是一個準軍事營區。只有最屖弱不堪的（罩布破損、蕾絲脫線）才會被帶往出口，從此從群眾目光中消失。與我們原先的想像相反，這裡的幽靈都整齊乾淨，罩布熨燙得平順無瑕，散發柔軟精的香氣。我們的行動彷彿籠罩在一股歡愉的氛圍中。臭氣被沖淡了，變得不易辨識，但確實存在，儘管經過一段時間就會忽略忘記。我們被收編在金黃酸靈組，羅班森對這裡很有好感。他們透過遊戲教我們仇恨：體能訓練、同袍情誼、讚揚祖先流傳下來的純淨與美。他們說，我們的共同敵人，想傷害我們，終結我們的價值。他們又說，我們是一個不可分割的整體，真理與歷史將站在我們這邊。我們有責任摧毀這位敵人，摧毀所有可能傷害我們幽靈一族完整性的人。

羅班森十分熱衷，我不確定那是否是裝出來的。他神速的晉升到菁英小組，而我還停留在嘉許階級，逼得我必須加把勁，以免我們之問太快產生距離。

在一次小小的失誤換來臉上一記皮鞭之後，我意識到，若想達成任務，就要不惜扮演狂熱分子。

於是我火力全開，不到三個星期便竄升到酸靈青年團地方支部菁英小組組長的位置。

藉著這個機會，我也比較容易控管羅班森，提醒他——在非常謹慎的狀態下，畢竟這裡的每個幽靈都被另一個幽靈暗中竊聽，每副笑容的後面都可能藏著一個告密者——別忘了自己是來這裡臥底的。羅班森則要我注意：在對敵人假裝忠誠這件事上，我做得比他更過分，看我的位階就知道了。我恢復了信心，重新把他當成祕密行動的一分子。朝地獄之門更進一步的時刻到了。

在某個地位不可動搖之大人物的演講上，機會來了。這位跛腳且特別尖酸的幽靈生前是元帥，此外也是酸靈黨運動的宣傳部首長，從創黨之初便在創建成員們左右輔佐，也是最高首領的親信。與所有有權有勢的人一樣，他特別愛聽奉承阿諛的話；因此，我給他灌的迷湯立刻引來他對我的重視：我被聘為陣營助理，羅班森則擔任我的副手。

從那時起，我們跟著去了所有地方，並隨時取得第一手情報。基本上，那是一次成功滲入敵營核心的行動。要是我的父母能看見我的本事，應該會感到很驕傲。當時，我堅信能找回他們，不放棄任何希望。

就在那個時候，我差一點就大禍臨頭。

再見到莉莉，再見到爸媽，是我的首要動力。然而身為反抗軍，任務一定要排出輕重緩急。反抗軍的宗旨遠比個人的依戀重要。所以我的當務之急，是利用我的間諜才能將蒐集到的重大情資分享給同志。因此，某個寂靜的夜晚，我利用營地的廚房煮了字母麵。情報專家都知道，這項技術的第一個步驟是將訊息編譯在昇華的蒸氣中，然後讓這股蒸氣接上一朵飄向西方的雲，期待它飄得夠遠，遠到山區上空凝結成冰冷的雨水落下。這時，收集到的雨滴便能將訊息傳遞給我的同志們。這項技術的性質雖十分隨機偶然，但確實有效。

字母麵才煮到彈牙狀態，一個失眠的上尉突然出現，傻乎乎的問我：

「你在幹嘛？好像很好玩，我可以看看嗎？」

我用袖子遮住字母麵煮出的訊息。那個笨蛋仗著人高馬大，瞥見了一個句子，發出愚蠢的大笑。笑完後，我惶恐地發現，儘管他看上去有點傻氣，這會兒卻開始思考起來。我從他的特酸徽章認出他是一位特種部隊酸靈——特酸就是特別尖酸的意思——他們是最糟的一群：嗜血，專做卑劣的工作，醉心於階級鬥爭，更由於自己的無知所以喜歡折磨有學識教養的靈魂，他們是當權者施行恐怖治理的工具。這個傢伙緊盯著我，花了點時間想通一些事。他看了看我的階級徽章，似乎又重新思考起來。

我愣在原地，不曉得他會做出什麼事。無論如何，如果他還想遵從階級準則的話，他就無法正面攻擊我。其實我當下應該把沸水往他臉上潑去，但我彷彿置身在一場噩夢中，絲毫無法動彈。

我原本擔心他拔出腰間的小刀一口氣切斷我的脖子，但特酸最終還是選擇謹慎行事，跑去外面向第一個看到的官員揭發我。幸運的是，那個官員……是羅班森。

說也奇怪，羅班森沒有立刻消滅那位特酸，反而遲疑了一下，顯然是心中有各種矛盾的想法翻攪。最後，當他終於決定撲上前去，把特酸幽靈撕成碎片時，我瞭解我將為羅班森的這一撲，付出昂貴的代價。從那刻起，我覺得剩下我自己在這單兵作戰了。接下來的情況更驗證了我的直覺準確：羅班森顯然對元帥崇拜著迷。無論我們到哪，曾任記者的元帥在當地都早已赫赫有名。他簡潔有力的演說，煽動著群眾的情緒：構陷其他人，要他們為國力衰退與國威沒落負責，鼓吹群眾團結起來打倒他們。他贏得聽眾的狂熱追隨。根據他的說法，害蟲無所不在，內外侵蝕，導致國家壞死。他的抨擊炮火讓群眾覺得自己強大且有用，人人都表現慷慨激昂，而想到未來要打的仗，更覺得彼此的心靈緊密相連。我驚恐地發現羅班森也漸漸地被這些理論說服。我清楚知道他有多渴望打鬥，比起正面迎擊真正的敵人——也就是酸靈黨——怪罪不存在的幽靈敵對者，對他引發的憎惡效果更強大。

如今，危險有了新的面貌：羅班森成為迫在眉睫的威脅。我必須搶在他揭露我的間諜身份前盡快行動。

我必須消滅他。

但是該怎麼做呢？

悶死他？用什麼悶？……撕碎他？我的力氣不夠大……

毒死他？……該從哪裡下手？

此外，幽靈真的死得了嗎？

我為此整整失眠了兩晚。要做出一個不可能問心無愧的決定，想必就該付出這樣的代價。為求自保而先下手為強，是正直的行為嗎？說真的，我並不確定。不過，我必須相信自己的直覺。在那個時代，不存在任何軍事法庭來逼我面對自己的責任。無論如何，我必須謹記這個事實：羅班森那傢伙強壯魁梧，我不認為自己的體格足以應付。所以，最好的辦法還是把他排除，而且愈快愈好。

拔營離開的前一晚，接近凌晨四點時，我送出一則字母麵蒸氣祕訊。接著在六點半時又寄第二次，確保至少會有一次抵達終點。我要求派兩位反抗軍菁英支援。他們必須冷酷堅毅，我們所謂的「反中之反」，也就是反抗軍中的反抗軍。那天早上的雲量很多，推測應該很快就能得到回音。可惜的是，雲朵很快轉為暗灰，最後變成暴風雨前的烏雲，我的訊息還來不及抵達目的地便化為雨滴落下。

就在拔營的幾分鐘前，我又進行了一次蒸氣寄送作業，希望這次昇華的訊息飛得夠遠，降落在對的地方。

隔天，我在路上遇見元帥。他很興奮，心情愉悅地在隊伍成員之間飛來飛去，下達一些沒有用的指令。他剛得知他所發動的戰役的成果，數字很漂亮：屠殺規模之廣不容置喙，手段出乎預期地有效。

元帥對我頗為器重，邀請我，或者該說是命令我，以祕書的身份參加一個極高機密的小型會議。不幸的是，羅班森也被徵召為一位部長的助手。這位黏滑的部長，身後站著一排滿懷惡意的特酸幽靈，在我進入充當會議室的鬧鬼火車廂時，全都斜眼瞪我。部長也不給我好臉色，認為我不可靠：太年輕，又不知打哪兒冒出來，來歷不明。

元帥排除部長的異議，他的權力顯然比一個有影響力的政治首長還大。甚至，他鼓勵那位部長追隨他的做法，任命酸靈青年黨團出身的孩子擔任要職，以培育成動機純正的特酸幽靈。黨內其他心狠手辣的大人物紛紛抵達。他們穿著別著閃電的制服，熱烈躁動地抽著氰化鉀做成的雪茄，喝著一杯又一杯的溴化乙錠，交談時口沫橫飛，惡臭微粒亂濺，我只能試著小心不被噴到。

我一方面感受到他們嫌惡的眼光，另一方面感受到羅班森站在我背後那令人難受的冷淡。他的體型和神情，如今充滿認真的恨意，使在場的尖酸幽靈不起疑心。

一名全身由黏痰組成的肥胖將軍報告戰情：位於最東邊的二號軍營成績最亮眼。那是一座馬戲團式的主題樂園。

當地民眾被酸靈黨視為敵人而剝奪自由，他們別無選擇，只能在那裡自娛娛人，乘坐各種遊樂設施，穿上傳統服飾去參與古裝劇演出。這場無止盡的謬劇取代了現實，直到受困者的身份被剝奪。在經歷各種殘酷趣味的折磨、荒謬的遊戲、無意義的旅程之後，每一位的自我都化為烏有。他們變得什麼也不是，充其量是不甘願的演員，演著一齣由想摧毀他們的人所寫的戲。遊戲變得足以致命：受害者與劊子手的身份互調，跳著一場永無止境的芭蕾。已經有好幾千個像這樣可憐的幽靈消失，甚至可能更多、更快。

當天的討論議題聚焦在各營區：他們應有的效率，以及在當地嘗試的酷刑有些什麼特點。看我不順眼的那位部長，掌管的是教育經費，他對歷代巾幗衣褶營特別熱衷。叛徒莫里斯向我們解說的理論在這裡似乎理所當然。部長唇間泛著綠色泡沫，陶醉地細數營區趣味呈現的各式布幔：聖馬丁贈予乞丐的衣袍、涅索斯毒死海克力斯的長罩衫。他停頓了一下，強調刺繡羊毛女袍的質感，然後回頭談論耶穌裹屍布吸引群眾的能力。

直覺讓我相信莉莉就在那個營區裡。藉由假裝提出一些技術上的問題，我試著打探那個營區的確切位置。部長對我明顯厭惡，所以要得到答案確實不容易；另外，我感覺到羅班森現在完全被敵人的理論說服，正在想辦法揭發我的身份，同時不讓自己露出馬腳。

然而，又黏又膩的教育部長和一名尖酸黨的高層官員熱烈討論了起來。

官員認為，耶穌裹屍布有問題，原因來自印在布上的那張人類的臉。

「那根本不重要。」部長反駁：「重點只在那是虛構出來的，無論哪個層面，純屬虛構。」

車廂溫度過高，大家罩布都濕透了，彷彿在蒸汗房似的。尖酸幽靈們暫停片刻，暢飲發霉的香檳；羅班森狠狠地一把抓住我，把我拖到角落。

「現在你相信的是什麼？你究竟懂不懂？」他急乎乎地問。

我一時窘迫語塞，而面對我的沉默，他氣急敗壞起來：

「他們是對的，可惡！我們怎麼能這麼久都視而不見？而且，多麼有品味啊……你看到他們的制服了嗎？」

我依然說不出話，心裡很清楚沒有任何說法能讓羅班森重回正軌。讓我更擔心的是，一直等不到請求支援的反抗軍中的反抗軍的回覆。

「不久之後，我們終將找回原有的本質。」羅班森堅決篤定的繼續說：「我們幽靈一族將再次團結起來，像以前一樣……輪不到你這種小間諜來擋我們的路。」

高溫抵著我的罩布，逼得我透不過氣。

「他們當然是對的，」我大汗淋漓，說：「我也不得不相信……終究……。」

羅班森注視著我，一臉懷疑。

「我們先前的使命已不值得捍衛，我很清楚，」我用一種更有說服力的口吻繼續說：「尖酸幽靈的觀點是正確的，他們既強大，又有勢力，我們需要一位領袖！」

「你說得對，一位領袖！那麼，讓我們看看你的領袖是誰，去為他服務！去自首，揭露你雙面間諜的身份！」

「不！千萬不要！」我低聲說，「如果我拆穿自己的身份，他們會當場做掉我們，我們兩個都逃不過！」

「你們在幹嘛？」元帥從車廂另一頭斥喝：「我們不是來玩的，快去工作！」

於是我回到打字機前，部長躺靠在他的座位上，刀尖般的眼珠狠狠盯著我看。

在這場會議中，我打聽到更多關於歷代巾幔衣褶營的訊息。與流傳於世的美麗畫像截然不同，來到集中營的幽靈頂多被視為商品，最慘的則被當成垃圾。他們被當布卷禁閉於鋼管之中，透過鬧鬼列車運送，車程持續好幾個星期。許多幽靈甚至因為鋼管中的濕氣凝結而發霉，在下火車前便已消失。一抵達營區，所有幽靈都被展開，然後裁切、縫補，以同樣的模式重新再製：失去本質，喪失自我，變成幽靈中的幽靈，完全任由掌控。為了掩飾心中的焦慮，我佯裝查看紙張，將身體彎得更低。我掛念莉莉，想像此刻她可能正受到什麼樣的煎熬。然而，在我心底，我深信她能倖免，深信她已經成功逃了出來。

當部長宣布他明天要去參觀那個營區時，我的心臟宛如琴槌猛烈敲擊胸口：我站起身，告訴他我想陪同前往。

一陣陰森的沉默，他把目光移到我身上，緩緩地，從上到下，然後又從下往上，最後滲出一縷輕蔑的氣息，那可能是一聲笑、一聲歎息，或是溴化乙錠造成的打嗝。

「有何不可……。」他說，那神情彷彿我將遭受最慘的命運。「明天見，黎明時分，我的好寶寶。太陽升起前出發，即使恐怕看不見什麼陽光。」

他以大笑為這句話作結，那笑聲在我的想像中，接近地獄裡割喉的聲響。

然而，恐懼已離我而去，因為希望愈來愈近。終於快要知道莉莉和我父母的下落了。

羅班森竟選在這個時候將我的努力化為烏有：他突然一把扯掉我的偽裝。瞬間，我彷彿赤裸，孤伶伶地站在這些惡魔般的尖酸幽靈之中。

我昏厥過去。緊張猛烈的情緒將我從這個世界消失了將近一個小時。

醒來時，我置身海拔兩千五百公尺的高度，臉被寒風吹凍，身體卻非常暖活，緊緊貼著一張熟悉味道的罩布：軍營的煙硝，咖啡的芳香和一百年前的香菸味——是鮑里斯。他斜背著我，遠離地面，遠離酸靈黨，遠離噩夢。我們疾速飛行如炮彈。在我們身邊，一個全身都是縫補痕跡的高大幽靈，與鮑里斯的速度不相上下，滿臉的濃密長鬚絲毫不為狂風吹折。我注意到他的阿爾卑斯山獵人貝雷帽，斜戴在頭頂，用紅色鬆緊帶繫住。那是一名反抗軍中的反抗軍，這種體格強健的壯漢可不常見，是我們的部隊菁英。所以我的訊息終究有抵達目的地；我發現鮑里斯屬於傳說中的「反中之反」部隊，感到好欣慰。他們化身天外救星，趕在教育部長用小刀把我整個劃開以前，像摘一顆熟透的水果那樣把我撿走。羅班森沒和我們一起，想必鮑里斯認為把他留在原地跟他的新朋友解釋一切比較好。可憐的羅班森，說來難過，但在這個時候，除了他的粗羊毛外袍以外，應該什麼也不剩了。

反抗行動必須如急流之水，在起伏的山嶺之間竄流，才能隨時準備逃跑。於是我發現我們新的藏身之處，早已遠離高山的地下岩洞，遠離我的小狗狗。這個藏身處顯然沒那麼舒適，水平站姿對所有喜歡直立或在空中飛行的幽靈來說並不方便——而我們之中許多成員都屬於這一類。

酸靈黨在佔領區的暴力及恐怖行徑日益嚴重，種種脫序已經讓當今世界有所察覺。這種情況迫使反抗行動深入城市，才能早日使各城鎮重獲自由。我們好比終極武器，蟄伏在暗影之中。在大部分的樓房裡，我和同志們都守在天花板和地板之間，疊成好幾層，前胸貼後背，活像罐頭裡的沙丁魚。這整支扁平代表團由戴單眼鏡片的大幽靈領導，他保持直立，從一個絕對保密的地方全面監管所有行動。由於我們無法自由移動，所以必須把自己接上牆壁裡的電線網，靠遠距心電感應來溝通。鮑里斯離我不遠，只隔兩個社區，跟他那位全身重新縫補的同志一起纏鬧一座大使館。那位同志體型太魁梧，需要很大的空間。大使館是「反中之反」部隊專屬基地，相較下他們享有的舒適度令人羨慕，引來不少嫉妒。至於我，我住在一棟樸實的公寓大樓，跟一位年輕的共產主義反抗軍擠在一起；他執意向我傳遞他的信念，慷慨激昂，滔滔不絕，我根本找不到時間休息。說實話，我很需要休息。幸運的是，我們頭尾排列，他說的話有一大部分都從我腳邊流失。

各種怪夢湧入我亂七八糟的腦袋：與酸靈黨徒共度的最後幾個鐘頭時時重現，讓我驚恐不已。那個多虧鮑里斯我才能逃脫的陰森夜晚，夢中的場景那麼逼真，以至於醒來之後，這個問題一直糾纏著我：那真的是一場夢嗎？還是是一段真實的回憶？

直到今日，七十年後，那場夢中的影像仍完好無缺地存在我的記憶中：

全身佈滿致命病毒的墮落幽靈，散發一股腐臭，跳著斷斷續續的舞。元帥從中冒了出來狂吼吶喊，他的布袍破爛，跛腳發出吵雜的咔咔雜響。他朝我前來，兇狠地大罵我是垃圾，叛徒。他抓起一把劍，用骨瘦如柴的手臂揮舞，然後劍尖刺入我腹部位置的罩布。驚愕使我感受不到疼痛，我大喊卻發不出聲音。教育部長渾身黏稠，裹著一件甲烷黑斗篷，發出轟隆嗡響，彷彿一隻巨大的蒼蠅。他噴著氣，在幽靈車廂中來回踱步。火車著火般地全速衝往焦灼的風景，上下左右都在搖晃。他在堆積成山的餐盤和沙林毒酒之間穿梭，這裡停一下，那裡吃一點；過了一會兒之後，他突然撲向我的狗狗小肉丸——這果然是一場夢，小肉丸當天並不在會議上——，拿出解剖刀，輕輕點在狗狗兩排脆弱乳頭之間的柔軟皮毛上，同時還像個家庭醫生那樣對牠微笑，然後野蠻地劃開牠的肚子。小肉丸令人心碎的哀嚎響徹雲霄，同樣瀕臨死亡的我眼睜睜看著牠捲曲成一團。忽然間，一名穿著黑色防水風衣的特酸指揮官冒了出來，原來他之前一直蟄伏在假煙囪附近。他伸出兩隻骯髒的長袖，探入小肉丸的屍體，挖出血淋淋的腸子，當成圍巾繞在脖子上，還模仿模特兒在伸展台上走台步。他搖曳的步伐，扭動屁股所排出的臭氣，還有臉上那副享受陶醉的神情，一切讓我噁心反胃。

我動彈不得，看著小肉丸泛著血光的腸子在那隻魔鬼的頸子上仍兀自博跳。那刻，我受到一記震撼，來到一個幽靈原本不認識，但不久後即將為我們所熟悉的嶄新維度：血腥之味。那股令人不安的氣味，來自模糊的血肉，以及脆弱的肉體所必須承受的痛苦。

我從惡夢中驚醒，伴隨而來的是強烈的擔憂。大家都知道，夢境是述說被隱藏起來的事實。我透過電網連絡鮑里斯，問他在反抗軍離開山間急瀑下的祕密岩洞時，可曾聽說小肉丸的消息。

「芝麻蒜皮的無聊事！」鮑里斯冷冷回嗆我：「現在是重要時刻！」

他替我解說情勢：戰線終於有了變化，酸靈黨在他們所占領的所有前線都搖搖欲墜。權勢令他們自我陶醉，鈍化了察覺現實的敏銳度。他們原先所計劃建立的系統性消滅開始讓他們自食惡果，我們必須提高警覺，好好利用這個弱點。

我跟鮑里斯提起歷代巾幗衣褶營的事。顯然，他清楚知道那個地方是做什麼的。

「也許莉莉就在那裡，」我告訴他：「說不定這時他們正在對她施加酷刑？」

就在他準備回答我的時候，電線開始發出嘰喳雜音，他的聲音終究消失。我重新呼喚，但線路似乎被人類佔據。早上這段時間，他們活動頻繁，地板咔咔作響，有人起床，一邊洗澡穿衣，一邊收聽廣播。第三次呼喚時，鮑里斯的聲音響了幾秒，然後忽然全面大停電。於是我決定離開藏匿之處出去看看。

我飄過一條條大道，穿梭在看不見我的人類之間；他們的肢體皆不經意地透露出一股集體的狂躁。他們一群人聚集在報攤前，我越過他們的肩頭，讀到今天的頭條新聞：格萊維茨事件[13]。所有人都得知同樣的情節：波蘭軍隊攻擊了一座位於德國領土的廣播電台發射站，結果立即引起了猛烈的反擊。當時的人們還不知道那是一場謬劇：所謂的波蘭軍隊其實是德國罪犯所喬裝。他們被派送到那裡，以便替那個時代最尖酸的人類製造一個入侵的藉口。我隨意看了一下並未多加注意。因為那時，我認為那是人類的歷史，該由人類自己去解決……。

我悄悄飄到大使館，在門口遇到一隻惡犬，牠嗅得出幽靈的存在。那頭畜牲嚇了我一跳。不是所有的狗都像小肉丸那麼聰明靈巧。

鮑里斯看到我，火冒三丈：因為我又再次違反他的命令，擅自離開崗位。基於原則他訓了我一頓，然後拉住我的衣袖，刻意用安慰的語氣，告訴我：

「你的直覺是對的，孩子。莉莉確實被送到了歷代巾幗衣摺營……直接抵達，沒有遭受火車顛簸之苦。你必須……。」

我的心跳之快，太陽穴疼痛欲裂。全身緊繃，等著這句話的結尾；但一直等到隔天，在反抗軍與尖酸幽靈進行了史上最激烈的戰役之後，鮑里斯才把話說完。

---

13 格萊維茨事件（incident de Gleiwitz），發生於一九三九年八月，納粹德國軍隊偽裝成波蘭人向德國位於西里西亞格萊維茨電台發動攻擊，企圖製造波蘭攻擊德國的假象，以便名正言順地入侵波蘭。

大使館是第一個遭到攻擊的地方：披著硬皮和金屬盔甲的酸靈排山而來，他們噴出非法強酸和瓦斯，放火把我們包圍。我方立即應戰，與我在一起的「反中之反」部隊立刻拿出寒冰手榴彈和小刀機關槍回擊。在難以形容的混亂中，我們一出手就撂倒對方幾十隻，把酸靈黨打得落花流水。鮑里斯用他寬闊的身材保護我，蓄著長鬍的「反中之反」持著火焰槍咆哮怒吼，一次又一次大量轟炸，烤焦我們的敵人。他們驚嚇錯愕，從此不堪一擊。

當收到警報，所有反抗軍立即從各自藏匿的地板中傾巢而出，形成一波波浪潮，聲勢浩大，激進，憤恨填膺的大軍。

布袍撕扯之聲劈啪作響，迴盪在整座城市；寒冰炮彈凍結尖酸幽靈各種動作，皮毛燒焦的臭味直嗆鼻孔。

自從酸靈黨佔領本區以來，從未出現短兵相接的衝突。戰役在市中心持續了好幾個小時，激狂不休，人類絲毫沒有察覺。人鬼兩界始終平行。儘管如此，這場幽靈戰役卻在不知不覺中影響了人類：他們的世界裡表面上平靜，但氛圍卻沉重得有如絞刑架上被吊死的屍體。那天是一九三九年九月一日，第二次世界大戰前夕。

正當人類史上傷亡最多的慘劇開始時，我們幽靈的戰爭已接近尾聲。後來被稱為「波蘭大使館之戰」的那場戰役是決定性的一戰，被視為首次成功讓尖酸幽靈黨落入陷阱的一張大網。

酸靈黨的決策者們眼見戰況不利，決定冒著削弱他們前線軍力的風險，調派多個營的特酸前來支援，個個是最厲害的角色。新的特酸軍隊一抵達，這座城內兩邊的勢力消長，他們又重新取得上風。但運河稍來好消息：海上幽靈。在他們抵達前，我從未聽過的盟軍成千上百地出現，彷彿長條形白色水滴，沿著河道湧出。他們擁有重裝武器，比我們的強大有效得多：絞碎炮管，碾壓戰車，靈質機關槍，還有毒蛋白炸彈。酸靈黨再也招架不住，鏖戰十五個小時之後，他們束手無策，只能退散，返回最初陰森幽暗的地區，仰天哀嚎，宛如一群受傷的土狼。

這次的撤退意味著他們開始走向滅亡。

我們精疲力盡，也幾乎欣喜若狂。一陣微風吹涼我們沸騰的激昂。我們每位幽靈的眼中都看到希望。我奔向鮑里斯的懷抱，他緊緊把我摟住。

那是快樂的一天。

鮑里斯再次抱住我，繼續他昨天沒說完的句子。

莉莉死了，被燒死的。

那是在歷代巾幗衣褶營發生的事。

酸靈在那根鋼管裡把她燒死，一如先前幾百個被這樣燒死的小幽靈。

幽靈真的會死嗎？

我的意思是，既然本來就不是活的，又怎麼會真的死掉呢？還是說，只是死去一段時間，也許好幾個世紀，然後以一種嶄新的心情醒來？幽靈難道還不夠虛幻，不能迴避生命盡頭這樣真實確切的階段？

好長一段時間過去，我才終於接受莉莉已不存在。經過許多許多年。

聽到消息的當下，突然一片寂靜無聲，彷彿我聾了似的。周遭處處煙霧。鮑里斯盡心盡力地幫忙，跟我說了很久的話，安慰我；然而問題是，我什麼也聽不進去。我辨識得出他說話的聲音，但不明白他話中的字句。整個過程緩慢而痛苦，我只想躺下來，睡得愈久愈好。爸媽不在身邊支持我，是否有一天能再見到他們，我已不抱持希望。我努力掙扎，尤其不讓他們出現在我夢中。無論任何時刻，我都不該再想起他們，以免消沉不振。

如今回憶模糊不清了，只記得當時我必須離開。現在我已不知道當初是怎麼回事，為了什麼原因，總之我又孑然一身，沒再見過任何反抗軍同志。至於尖酸幽靈，他們已從日常風景消失。有好幾個星期，我又髒又濕，漫無目的，在寒冷的平原上空遊蕩。

莉莉既然已化為輕煙逝去，在這個地球上，只剩一個地方能紀念與她相關的回憶。山上的農舍，我們初識的地方。

門前的雜亂野草被風吹彎了腰。農舍空蕩蕩的，不見生靈，甚至連前來經營的新幽靈也沒有。那個小家庭往馬車上堆了一些衣物用品，匆促逃離戰區，然後跟其他成千上萬的家庭一樣，最終在逃難的路上流離失所。

我以沉重的心情進入閣樓。一切都沒有變。我驚訝地發現，那些晚上我們用來打發時間的塔羅牌還散落在地上。翻開的牌面上畫的是正義女神。我看著那張牌，滿是酸楚不甘。正義女神如此罔顧，我認為她簡直可恥。

閣樓中瀰漫著一去不回的光陰氣味，在我的腦海中與莉莉的香味結合，她那絲綢罩布的香味。

我就這麼待了幾個小時。閣樓繫著我對莉莉的記憶，唯有回到這裡，才能意會莉莉的消失，試著去想像她在消逝者的國度流浪。對那個國度，我一無所知，誰都沒有概念。幽靈的幽靈會變成什麼？當人類失去所愛或擔憂自己的消逝，便製造一些答案，藉由信仰來增加可信度。他們有儀式、符號和各種慶典幫助他們吞下痛苦。然而，可憐的我，我完全沒學過這些，只能呆立在那裡，像個傻瓜似的，面對這無邊的空虛。

我一直待到黎明。

飄出屋子時，我注意到一件幫助人類忍受他們境遇的宗教小物：十字架。這支十字架非常簡樸，小小的，用木柴釘成。出於必要，或者因為想模仿，總之，儘管並不太相信，我決定試試這種虔誠靜心的方式──一般來說那是專屬人類的行為──試著將莉莉的靈魂聚焦在這小小的精神寄託物上。早晨的涼風吹動我的罩布，我站在插在花園盡頭的十字架前。視野壯麗極了：起伏的山巒照映晨光，在山谷中閃耀出漸層的粉紅。一團薄霧，澄白透亮，畫出一個個沉睡的幽靈，分散在不同的高度。

我感到平靜許多。大自然如此雄偉，令我想到莉莉也是這個美麗宇宙的一部分；到頭來，我所能獻給她的，唯有這項讚美。

風勢逐漸增強，將鋪了滿地的枯黃落葉一掃而空。

而在那裡，十字架下方，我發現一面木牌上，拙劣的粉筆字跡，寫著小肉丸的名字。

Chapter V

我比褪色最嚴重的幽靈還更蒼白，過去那些回憶變得痛苦不堪。我只忙著做一件事，就是驅趕腦海中突然浮現的影像，把關於父母的回憶，莉莉的身影和小肉丸的眼神全部用黑幕遮起來。

然後，那段時期開始了。抱著痲痺無感的苦澀心情，我眼見人類戰爭，宛如一場永無止境的血腥惡夢。歷經幾年的分段進展，人類的暴力行為愈發殘暴，已超越他們的前輩尖酸幽靈當初之所為。抱著相同的信念，但人類的手段更沒有節制，更兇猛激烈，還加上非趕盡殺絕不可的奇怪決心。我憂心在那一長排死亡隊伍中，終究會誕生出同樣大量的尖酸幽靈。奇怪的是，什麼也沒發生。無論是否為尖酸，那個時期出生的幽靈極為少數：與人類犯下的大規模屠殺完全不成比例。然而，在很久之後，那些幽靈才出現：成千上萬的尖酸幽靈。

我與幽靈同胞已斷了聯繫，再也沒遇過他們。我被自己的憂傷孤立。

我隨風飄蕩，走遍歐洲，宛如一滴化為霧氣的淚珠，沒有目標，不抱希望。偶爾，我順路闖幾間空屋，純粹為了讓靈魂休憩一下，重溫閣樓才有的寧靜氛圍，然後繼續流浪。

蕩啊蕩著，我來到了這棟大房子，隱密的宅院。

我沿著結凍的運河，腦袋放空的任由河道引領；抬起頭時，一股地中海特有的香氣吸引了我。然而那裡離蔚藍海岸很遠。穿越幾道牆後，我進入一幢棕色石材的建築：香料的氣味就是源自那裡。一樓是貨倉兼店面，儘管因為戰爭存貨日漸匱乏，架上仍擺滿東西：亞麻籽、薑黃、長角豆及其他各種乾貨。這些產品有的整株連根展示，有的磨成粉末放在淺色木頭藥櫥裡，或用帆布袋疊放起來。我飄到樓上。這裡被劃分成一間間辦公室，在這時空無一人；不過，從雜亂的樣子來看，可知道白天活動忙碌。我在屋裡晃了一圈，感到往昔熟悉的溫暖和安全感。這裡莫名讓我想起童年那幢遼闊的大房子。我決定就此住下來：兩天、或者一個星期，我還不確定。總之，這個地方恰好適合來恢復一點元氣。

當晚我便在閣樓度過，卻無法安心休息：一陣陣的微弱騷動引起我的好奇。我似乎還聽見說話的聲音。

我最後還是睡著了幾個小時，直到早晨醒來，我看見好些職員來來去去。一位細瘦的傢伙正專心填寫帳本。我刻意保持低調，畢竟我來這裡並不是為了驚嚇任何人。戰爭已夠摧殘人心了，我不必再雪上加霜。

隔天晚上，交談的聲音更加明顯。是幽靈嗎？尖酸幽靈？我開始顫抖。難道這是一間鬧鬼的屋子？

沒錯，確實如此。

這是一間有人類在暗中出沒的屋子。

我在穿過圖書室的時候，發現了這個祕密：他們一共八人，躲在屋後巧妙隔出的三個狹窄房間裡。房裡有女人，男人和小孩。我避免在他們面前現形。他們焦慮不安，像鬼魂一樣蒼白，想必已有一段時日沒見到太陽。我啟用透明模式，沿著牆邊滑行，以便觀察。他們是再平凡不過的人類：一個緊張兮兮的女人，聽從應該是她丈夫的人指揮；那傢伙毛髮稀疏，頑固又自大。他們的兒子低調不起眼，以至於我已經忘記他的長相。另一對夫婦，乍看之下比較冷靜，也比較有能力，大概是這裡的負責人和機構的創始者。他們有兩個女兒。最後一名地下成員是個單身漢，動作遲緩，行事迷糊。

內部空間重新佈置過，多少還算舒適。只是一切尺寸縮小，彷彿一座娃娃屋：廚房、客廳、房間，一應俱全。窗戶用紗帳遮住，對這些人來說光線的代價他們付不起。他們的處境應該跟我爸媽當初一樣：遭到尖酸的惡人追殺，隨時有危險。他們想逃離戰爭，但他們逃避的方式是退隱到房屋深處。

多麼奇怪的情況。我從來不曾有過與人類如此親近的感覺。

轟轟烈烈的愛，緊緊環繞你的布身，溫暖你的內在，往你的小臉上猛吹一陣狂風。它在這幢隱秘的屋子裡發生，我完全沒有防備。

鮑里斯曾一再對我耳提面命：幽靈與血肉之軀沒有任何東西可以彼此分享（當然，他以感性的口吻）。這是自然法則，像是物種屏障的概念。打破法則可能會有麻煩。不過，當我看見那麼美的她正在發脾氣，用銀鈴般的聲音對抗母親的專橫，那些警告甚至不曾閃過我的腦海。

那是一個小女孩——其實已經不小，該說還有一腳尚未跨出童年的少女——正因如此，她給我一種親切感。換算成幽靈的年紀，她走過的生命旅程跟我差不多。依我判斷，這段時期，在她的人生稱不上粉紅浪漫。然而，她光芒四射。思路清晰又明快，總能快刀斬亂麻。她住在一個光線微弱的狹小房間，但不管何時，都伏在當成書桌的矮几上學習。我化為看不見的薄霧浮在半空，待在她身邊，凝視她，欣賞她的存在。生平第一次，我注意到驅動這美妙機器的工具：她的身體。

她是如此美妙。

她身上有各種不同的元素巧妙互補，我至今無法明白是什麼造就這份和諧。她的聲音帶我前往未知之境，她的皮膚彷彿透著光芒，深深吸引我。肌膚之下淺藍色的血管劃出優美的線條；長長的睫毛有節奏地眨動，黑亮的雙眸，將我石化般地釘在原地。她身上擁有我所沒有的一切：受到養分灌溉的複雜人體組織，經由節奏平穩的脈搏所帶動的器官，這些微乎其微的交互作用造成難以察覺的變化。人類甚至不曾留心這些促使他們生氣勃勃的寶藏。他們將之視為理所當然，只有極少的人會思考是什麼魔法，使他們僅僅轉動靈活的雙眸，便能將世界的光引入大腦迂迴曲折的皺褶之中。

那時，我才真正明白自己構造的缺陷：我永遠感受不到血肉的顫動。布身使我無法體驗世界的無盡之處。我生來僅有的組成：白色罩布。底下沒有任何循環，變化，演進。只有布緣那歷經滄桑的斑駁鬚線。

不過，我很快就從片刻的小沮喪恢復。因為我沒有大腦迴路，不受神經衰弱之苦。況且，我應該要以幽靈的身份為傲才對，這是對我父母、莉莉、鮑里斯以及我的反抗軍同志們，還有那些老到以粉塵的方式移動的可敬祖先的尊重。保有尊嚴是我的義務；而若要讓這位令我時時凝望卻從不厭倦的女孩為我著迷，尊嚴是我唯一的王牌。

剛好在那瞬間，她的目光朝我而來。她當然看不見我，但我寧可相信這溫柔的眼神。在我身後──我化為水珠，肉眼難見──站著彼得，一位害羞的年輕人。她看的是他。那個蠢蛋！她到底看上他哪一點？那傢伙如此不起眼，還得費一番力氣才確認他人在那裡。此外，少女對他的情感起了變化。至少一年前，剛開始躲藏時，她對他還沒有這些悸動。這些事，我從她的手裡得知的，但她渾然不察。事實上，由於我不怕被看見，所以可以伏在她背後偷看，憑著這一招，我有不得了的發現：透過她神奇的手指彎曲，牽引一支羽毛筆在紙張上滑動，創造出一顆顆小符號。我因此能夠解讀那些湧入她腦中較私密的想法，得知當中的真實和延伸出的影像。

我得知追求她的人不在少數，也因此，她對那些追求者多有挑剔。在她過去的人生，也就是小女孩時期的正常人生，她對同班的男同學們非常嚴苛，她反覆檢視那些愛慕者，但沒有一個讓她看上眼。「沒用的東西，鄉巴佬，髒孩子，地痞小混混，醜八怪，愛哭鬼。」總而言之，「男生，關於他們可說的很多，但同時又沒什麼值得一提。」她把標準設得奇高，而這使我想對她現身：一位幽靈，是如此別具一格，遠非她曾遇過的那些無聊渺小人類可及。她一定會注意到我特殊的靈質。那麼我就能把她擁入懷中，我是真的非常想這麼做。

該怎麼現身才好呢？絕對不能嚇壞她。現在戰爭如火如荼，我應該守護她，不需平添她無用的情緒。更何況房間裡不只她，還有一位更晚來的笨拙先生。那位先生平常總是花很多時間梳頭打扮，晚上則睡得像隻大象。這給了我不少機會。但我仍猶豫不決。或許，我應該在我的未婚妻發現眼前手裡拿著花束的求婚者是個小幽靈前，把自己假扮成順眼親切的年輕人類取得她的信任，難道不是比較妥當的做法嗎？

想當然爾，這是一個愚蠢的念頭。

終究，鮑里斯是對的。我走上迷途，偏離了軌道。有些界線，即使是愛情仍無法跨越，但我的浪漫性格始終將那些虛妄的幻想緊緊抓在腦中，我註定只能暗戀她，這僅是一場單戀。深思熟慮後，我認為對話有可能以其他方式展開，需做長遠的打算。

我決定維持幽靈的形態，陪伴我的小公主迎向她的命運。當一個隱形的貼身保鏢悄悄守護。以幽靈的時間標準來看，人類的一生過得飛快，她遲早會加入我們的世界。

四月的早晨，陽光照進了屋內。閣樓的窗戶是唯一能夠觀覽城市又不被外部看見的開口。光線令人愉悅，涼爽的風穿梭每戶人家的屋頂之間。感覺得到外面的生活朝氣蓬勃，自由的人們享受這美好的一天。她開心地凝望這片風景；彼得，害羞地坐在房間的另一端。她心情平靜，想像著戰爭一旦結束，未來等待她的會是何樣的生活，人生可能有什麼還在等她發現，她等不及想探索這一切。

Chapter VI

七十年過去了。

我再也沒回來這座城市，沒再見過我的公主。那時，尖酸人類把她和她的家人帶走，我一怒之下，以最狂暴的靈態顯形，驅趕那些惡人。顯然他們根本不怕鬼魂，彷彿心態上早已習慣。我甚至不確定他們有看到我。

於是我在路上遊蕩七十年了。等她七十年了。

我護衛她過渡到另一個世界，始終暗中低調，她未曾見過我。我很想再找到她，想安慰她失去生命之痛。

直到現在這一刻，昇華的程序都尚未執行。

除非發生在我的目光不能及的地方──或者，根本不會發生。儘管我懷抱希望，眾所皆知，幽靈的時間很漫長，但在我心底，我知道機會越來越渺茫。

戰亂終於平息，首先結束的是幽靈間的戰爭。人類也冷靜了下來，至少在地球這半邊如此。不得不說，他們已把全面毀滅的經驗推進到最骯髒不堪的境地。簡直可以相信趕盡殺絕是他們種族深層的天性。

她遺留下來的，只剩優美的散文日記。也許唯有透過這樣的昇華程序，她才能留在我身邊。無論如何，花了這麼多年，沿著高速公路飄蕩數著來去的車輛，我決定仿效她的做法：把所有發生的事寫在紙上記錄下來。唯有透過這種方法，才不會變成幽靈中的幽靈，自然消失的飄渺空想。

在兩個休息站之間，我遇過一個獨特的人。他是一個少見的半鬼半人，因車禍罹難，但沒有意識到自己已死。他繼續過著人類的生活，卻隱約覺得現實似乎遭到剝奪。也就是說，他不再活著。可憐的年輕人類。我任由他繼續做著現實世界的夢——家庭生活、工作、娛樂、大賣場——，並且在他腦袋清楚自己的真實狀態的短暫片刻，很高興有他作伴。

這位新手幽靈是個令人愉快的同伴，腦子裡只有人類生活的記憶。我跟他一起重新尋找我出生的地方，想好好悼念一番；心裡則抱著一絲渺茫的希望，或許，在童年時期那幢大房子，能找回如今已煙消雲散的大家，團聚一堂。

沿著海岸線，在粉紅混凝土建造的社區別墅和一家大型超市的停車場之間，我想我認出了大花園的一部分。那裡過去種著高大的尤加利樹。現在大花園則被圍牆切分成好幾個區塊，好幾間房子就建造在這樣的一個個空間上。這些房子都是浮濫的普羅旺斯風格，每一棟都附有一座像是裝滿了藍色糖漿的小游泳池。而這個地方我先前經過了十次，卻什麼也沒認出來。顯然一切都已改變，而我卻一昧相信自己的記憶，觀察不夠敏銳。

的確就是那幢大房子：已被重新翻修，塗上粉紅泥灰土增厚了牆面，換上了塑膠製的百葉窗和窗框，但我無需遲疑，立即認出它高高的剪影和通往玄關的小樓梯。大公園的遺址上只剩下一道狹窄的草徑，四周鋪滿閃亮的石板。

不顧住在裡面的是什麼樣的人類，我帶著幽靈新手朋友飄進屋裡，直接上了閣樓。

那裡沒有用來靜心冥想的小十字架，也沒有任何可以追憶我爸媽的東西。只有一堆披上薄薄灰塵的塑膠製品。

我是一個務實的幽靈，認為些那些信仰和儀式不過就是人類脆弱的象徵。然而在這一刻，沒有別的辦法，我只能加入他們。我請我的同伴支援我進行這場獨特的冒險：召靈儀式。這是最後一次，我想再見到爸媽，感受莉莉在我身邊，親吻小肉丸的額頭，特別是，喚來我美麗的公主的幽魂。

只有做到這件事，陪伴我的摯愛在他們的新道路走上一段，我才能開始成年的生涯。

我們站在一面鏡子前，人類都是這麼做的。當然對他們而言這從來行不通，逝者只會回到他們的腦海中。不過，在超自然方面，人類一定沒有幽靈在行的。

我的模樣不會映照在鏡子裡，這一點令人安心。不過我的朋友卻反射些許朦朧的身影，如同一團薄霧。我們靜心冥想，他彷彿回到他虛擬的人世生活。我的狀況則難以形容，彷彿置身在煙霧繚繞的地方行走，卻誰也沒看見。遠方傳來一隻狗的吠聲，但那不是小肉丸。

我感到多重的現形，想是有什麼接近了，然後卻又消失。也許是我的父母？有那一瞬間，我感到那是一對夫婦。我睜開眼，朋友依然在我身邊，靈魂出竅了似的，表情幸福洋溢。鏡子裡沒有任何映像。我重新集中注意力，許久許久，進入虛空，像是我的初體驗。有形體現形，這一次，我要像個釣鱒魚的漁夫那樣謹慎小心。我要催眠他，以便好好抓住他，且不把他嚇跑。儘管震波微弱，這個形體愈來愈明顯。震波頻率聽來很年輕……莉莉？不，那不是莉莉。

這時，閣樓裡響起一陣刺耳的噪音，逼我退出懸浮狀態。新手幽靈陷入狂喜，從他的神情可看出，他的前世人生在夢境中上演（他開著車，正從家裡出發，在去公司的路上）。雜響來自那堆亂七八糟的塑膠物品，我看見一個形體被壓在下面。於是我發現，剛才感受到的形體，跟我的召靈儀式一點關係也沒有，而是發生在真實世界，就在我們可見世界中堅固的地板上。那是一個朝氣蓬勃的小形體，像隻動物那般動個不停。我靠過去，移開遮住他的銀河戰艦模型。

這時，一個幽靈寶寶冒了出來，穿著一件黑色小風衣。

他彷彿受到驚嚇的小鳥，驀然飛起，穿越天窗的玻璃離去，我只來得及感受他的震波，勾起的卻都是不好的回憶。那是不祥的波動，儘管他還瘦小，震波卻已夠強。這會兒，另一個身形比他稍大一點的幽靈，也從塑膠物品堆冒了出來，在屋頂的橫梁之間蜿蜒穿梭。他憤恨地瞪了我一眼，然後也往外飛出去。我起身追他，穿越玻璃的時候，不小心受了點傷。

外面現在天色已晚。

在我出生故居的屋頂上空，我看見一幢幢粉紅混凝土的房子，到處都是幽靈。

尖酸幽靈。

書籍設計：張家榕

尼古拉‧德魁西

法國里昂人，安古蘭藝術學院畢業，一九八七年與同校友人西拉維‧休曼合作，改編雨果的作品《Bug Jargal》出道。尼古拉‧德魁西於一九九一年出版第一本書《假聲男高音》，獲得一致好評，接下來的作品亦頻頻榮獲知名大獎，如《肥海豹奇遇記》及《幽靈日記》，並以《雷歐爺的怪香菸》獲安古蘭國際漫畫節最佳作品獎。他的作品被翻譯成多國語言，並多次在歐洲及日本舉辦展覽。

除了漫畫創作，德魁西也參與動畫製作，曾與導演西拉維‧休曼合作動畫短片《老太太與鴿子》製作，並與大友克洋協力完成《蒸氣男孩》。二○○七年上映的《魔幻發財機》是德魁西的第一部動畫長片。

幽靈之愛在烽火連天時
二○二一年五月五日　初版第一刷

作者　　　尼古拉‧德魁西
譯者　　　陳太乙
編輯　　　陳碩甫
發行人　　林聖修
出版　　　啟明出版事業股份有限公司
　　　　　郵遞區號　一○六八一
　　　　　台北市大安區敦化南路二段五十七號十二樓之一
　　　　　○二二七○八八三五一
總經銷　　紅螞蟻圖書有限公司
法律顧問　北辰著作權事務所

ISBN　　　978-986-99701-6-7

幽靈之愛在烽火連天時 / 尼古拉・德魁西（Nicolas de
Crécy）作；陳太乙譯。──初版──臺北市：啟明出
版事業股份有限公司，2021.05
212 面；17 x 23 公分
譯自：LES AMOURS D'UN FANTOME EN TEMPS DE
GUERRE
ISBN 978-986-99701-6-7（精裝）

876.596   110005002

LES AMOURS D'UN FANTOME EN TEMPS DE GUERRE
By Nicolas de Crécy